「ろか、じょうりゅう、ポーション……？」
このキラキラと光る
不思議な形をした
そして本には、私の知
知識がいっぱい詰まっ
「これは錬金術師になるデイジーへのプレゼントだよ！」
王都の外れの錬金術師
～ハズレ職業だったので、のんびりお店経営します～

『錬金熟成』でワイン造りに挑戦！
ケイト
デイジー

ミィナ
ヘンリー
マーカス

口絵・イラスト
純粋

装丁
木村デザイン・ラボ

CONTENTS

プロローグ

……寂しい人生だったわ。


それが、十五歳で幕を閉じようとする私の人生の最期に感じたことだった。

その人生の最期の瞬間、私には見送ってくれる人もなく、たった一人だった。

年に一度、一輪の花を咲かせて私を癒《いや》してくれた、たった一鉢の観葉植物だけが、私の最期を見守ってくれていた。


私は、貴族の男爵家に生まれた。

幼い頃から私は草花が好きで、その頃から屋敷の庭の草花の世話ばかりしていたような気がする。

私達の国では、国民は五歳になる年に洗礼式を受け、『職業』を神から授かることが義務付けられている。そして、神が私にお与えになった職業が『侍女』だったのが、不幸の始まりだった。

『侍女』は私の親にとってハズレ職業だったのだ。

元々プライドが高く、見栄《みえ》っ張《ば》りで野心家であった父母は、子供達の職業に期待していた。そして、子供達が華やかな職につき、我が家を盛り立てることを求めていた。だから、私の結果に激怒し、いつか家から追い出すことに決めたらしい。

だが、その中でもプライドはあったのか、家名の最低限の恥にならないように、家格のある家の侍女になれるよう、マナー、礼儀、読み書き、計算を叩《たた》き込《こ》まれた。覚えられないと雇われ教師は鞭《むち》で私を叩き、泣いても許してはくれなかった。

十歳に成長した頃、ある公爵家の侍女募集があったことで体よく実家を追い出された。そして公爵家の侍女として働き続け、十四歳も終わりという頃、不治の病に罹《かか》ってしまった。

病に冒された私の受け入れを拒否した実家に困り果てた雇い主は、勤め先の屋敷の建つ敷地の外れにある粗末な離れに私を隔離した。

見舞いに来る者もなく、私はひとりぼっちだった。

……誰か、私を愛して。私を見て。たった一人でもいいの！

それが、短い生涯を終えようとする私の、たった一つのささやかな願いだった。

最後までそれは叶《かな》うことはなかったけれど。

……面倒、見切れなくてごめんね。

私が鉢植えに伸ばした腕は、それに届くことなく力尽き、床に落ちた。

神々しい緑色の光が私を覆った気がしたが、きっとそれは死の間際の幻想なのだろう。

そして、私の視界は闇に包まれた。

◆

暗くなったと思った視界が、急に明るくなった。瞼《まぶた》は開かず、ただ視界が眩《まぶ》しくなったことを感じる。いきなり肺に空気が入り込み、びっくりした私は大きな泣き声を上げる。

「旦那様！　ヘンリー様！　お生まれになりました！　可愛《かわい》らしいお嬢様です！」

女性の声で私が『生まれた』という事実を知る。

『……私、さっき死んだんじゃ……？』

私が混乱する間にも、何者かに体を清められ、柔らかく温かな布で包まれる感触がした。不意にふわっとした感覚がして、また別の誰かに抱き上げられたことを知る。温かく、大きな大きな手。

「なんて可愛い子だ！　ロゼ、本当にありがとう」

そうして、私の横でキスをする音が聞こえる。

「ボクの、いもうと」

そう言って、小さな指が私の頬《ほお》をふにっとつつく。

「あーあー」

もう少し高い、言葉にならない幼児の声がして、もっと小さな手が私のおでこをぺちぺちする。

「こら、二人共、新しい妹には優しくね」

穏やかな優しそうな女性の声がした。

「おとーたま、いもうと、なまえ」

たどたどしい男の子の声がする。

「どうしようか、ロゼ。決めていたとおり『デイジー』でいいかい？」

「ええ、ダリアに、デイジー。我が家の女の子は花の名前で、と決めていましたもの」

『私』の名前を決めようとしているということは、彼らが私の両親……。

私は生まれ変わったのね！

私は急激に変わった状況をようやく理解したのだった。


私は、『デイジー・フォン・プレスラリア』として生まれ変わったらしい。

そして、この世に生まれて程なくして、この体には『私』の他にもう一人の心が存在することに気がついた。胎児の頃から自然に芽生えた自我である『デイジー』。『私』が転生してきたことで、一つの体に二つの心が存在していた。

けれど、プレスラリア家の両親と兄姉から沢山愛される日々を送るうちに、『私』は一つの決心をした。『もう、私は消えよう』と。それは、家族から与えられる溢《あふ》れんばかりの愛が、『私』の死の間際の願いを叶えてくれたからだ。毎日が幸せで、もう十分満足だった。

幼い『デイジー』も『私』を姉と思っているような態度で慕ってくれて、とてもかわいい。でも、一つの体に二つの心、それはとても不自然で不安定な状態だ。私が居残れば、本来のこの体の持ち主である『デイジー』が何かのきっかけで消えてしまうかもしれない。この体は『デイジー』のもの。私が乗っ取ってはいけない。

あとに残していく『デイジー』が不自由しないよう、『私』が前の生で学んだ役に立つ記憶だけは『デイジー』に残す。そして嫌な前世での思い出は『私』が全部抱えて、消えるのが一番いい。

『幸せになってね、デイジー』

『お姉ちゃん、行っちゃうの？　ずっと二人で一緒にいようよ。お姉ちゃんがいなくなるなんて嫌』

心の中で『私』と対話するせいで、大人びた子に育った『デイジー』が寂しそうに『私』を引き留めようとするが、私は首を横に振った。

『この体は本来あなたのものだから、それはダメなの。私がいなくなると、あなたは私のことを忘れてしまうんでしょうね。でもね、私はどこかでずっとあなたを見守っているからね』

……ありがとう、プレスラリア家のお父様、お母様、ちっちゃいお兄様とお姉様。そして、可愛い、デイジー。神様が私の転生時に記憶を残してくださったのだとしたら、ありがとうございます。私がデイジーとプレスラリア家で過ごした日々はとても幸せでした。

デイジーが四歳のお誕生日を迎える頃、お別れをいやいやする『デイジー』に抱きしめられながら、『私』の意識は緑色の光に包まれ、沢山の緑色の存在に迎え入れられるようにして『デイジー』の中から薄らいでいった。消える瞬間の『私』の心は、沢山の愛に満たされていたから、もう何も思い残すことはなかった。

第一章　洗礼式

私はデイジー・フォン・プレスラリア。ザルテンブルグ王国の子爵家の次女、もうすぐ五歳。アップルグリーンの髪に、アクアマリンの瞳。性格は、大人に言わせると少しませているらしい。

王都にあるプレスラリア子爵家の屋敷に住んでいて、暇があれば植物図鑑や薬草図鑑を読《よ》み耽《ふけ》り、時には我が家の庭師にくっついて歩く。私は、きちんと問いかければ答えてくれる、植物が大好き。だからバラの手入れも大好きだ。

そんな私の家族は、お父様を筆頭として、お母様、お兄様、お姉様と私の五人。そして私達が住む屋敷では沢山の使用人が私達のために働いてくれている。敷地内の一階にある廊下を隔てて建っている寮があって、彼らにはそこに住んでもらっている。

敷地内には、魔法の練習場も備わっている。そしてその端っこには物置がわりになっている小屋がポツンと立っていた。

家の裏手には小さな森があり、ベリーや栗《くり》といった森の恵みを私達に与えてくれる。

そうそう、私の家の一番の自慢は、なんといってもバラ！　庭の中央と、屋敷の居間と客間のテラスに沿って続くバラ達はとっても素敵だ。バラ達は赤やピンク、白に黄色といった様々な種類が植わっていて、季節になると美しい見た目と芳《かぐわ》しい香りで庭を彩ってくれる。

「今年のバラはとても花の数が多いし、色も美しいわ。見事ね」

居間のテラス席に座って家族でお茶を飲んでいると、隣に座るお母様が庭のバラを褒めた。

「恐れながら、今年はお嬢様もバラの世話にご興味をお持ちになられ、それは丁寧にバラの生育の様子を見守り、手当てなさってらっしゃいました。きっとそれにバラも応えたのでしょう」

執事のセバスチャンが、お母様の言葉にそう答えると、お母様は微笑《ほほえ》んで私の頭を撫《な》でてくれた。

私はバラの似合う美しく優しいお母様が大好きで、そのお母様に褒められたのが嬉《うれ》しくて照れ臭くて、自分がピンクのバラになったかのように頬が赤くなってしまう。

そうそう、バラの世話といえば、あまりに植物をじっと観察し続けたからか、私は後天的に【鑑定】スキルが芽生えた。だから、植物の様子を見て効率的にケアができるのだ。

例えば植物ならこんな感じに見える。

【バラ】
分類：植物類
詳細：元気がない。小さな芋虫に若葉を食べられている。

こうやってどこが悪いのか見えたら、悪さをする虫さんをぽいっとよけてあげればいい。

人間だったらこんな感じに見える。

【デイジー・フォン・プレスラリア】
子爵家次女
体力：10／10　魔力：150／150
職業：なし　スキル：鑑定（3／10）

でも、家族を含めて他の人を覗《のぞ》き見《み》することは滅多《めった》にしない。だって、みんな自分がどんな能力を持っているか勝手に見られたら嫌なはず。だから、お父様にもお母様にも秘密にしている。

私はもうすぐ五歳になる。五歳というのは、洗礼式という儀式を受けるとても大切な年齢だ。

なぜかというと、私達の国では国民全員が五歳になる年に、洗礼式を受けると同時に神に職業を与えていただくからだ。そこに、平民・貴族といった身分の貴賤《きせん》による違いはない。

そして、儀式で判明した職業は、魔道具で改変できないようにした『職業証明書』に記載されて本人に授けられる。

特に私達貴族にとっては、将来の職業だけでなく、結婚の優劣に至るまで影響するので、洗礼式の結果はとても大切だ。

中でも人気なのは、『騎士』や『魔導師』などの国を守る力を持つ職業や、優秀な文官職。こういった職に当たると親も喜ぶ。人気職を与えられた場合、就職に有利であるだけでなく、職業は親から子へ遺伝する確率が高いので、結婚相手としても引く手数多《あまた》になるのだ。

また、神から与えられた職業は、それに関係するスキルの向上率が高い。だから、この国では、与えられた職業は神からの思し召《おぼめ》しであり、恩恵であると考えられている。そのため、与えられた職業を拒むということは、神が与えたもうた職業の拒否、すなわち、『神への翻意』であると、教会から非難される。

だから、就職希望時には『職業証明書』の提示が求められ、適合した職業でないと、そもそも就職が非常に困難な仕組みになっている。

そんな我が国の職業制度の中で、私の家は優秀な魔導師を輩出してきた家柄だ。お父様は、魔導師団の副魔導師長、お母様も、魔法の才能がかなり優れていたらしい。

年子で一人ずついるお兄様とお姉様も、洗礼式で『魔導師』の職業を与えられていて、その潜在能力の高さで将来を期待されている。そして、その期待に応えるべく、彼らは自宅の練習場で家庭教師に魔法を習っているのだ。

そんな環境で育った私は、幼い頃から自分も魔導師になるのが当たり前のことだと思っていた。

だから、お兄様、お姉様が魔法の練習をするのに割り込んで、一緒になって練習の真似事《まねごと》をしていた。

「お兄様、どうしたらそんなふうに風の刃《エアカッター》が撃てるの？」

お兄様は自慢げにもう一発私の目の前で魔法を披露する。

「それは、デイジーより二年も多く練習しているからね」

その返答に、私はぷうっと頬を膨らませて、手を差し出す。

「風の刃《エアカッター》！」

私の手の中に、微《かす》かに風が生まれる感触はあったものの、そこから風の刃《エアカッター》が発動することはなかった。

「デイジー！　私もできるわ！　見て！　風の刃《エアカッター》！」

お姉様も私とお兄様のそばにやってきて、覚えたての魔法を披露する。

「お兄様とお姉様だけできてずるいわ！　私だって、一緒にお父様のお役に立ちたいんだから！」

その後も私は何度もお兄様とお姉様の授業に交ざって、見様見真似《みようみまね》で魔法の練習をしたけれど、まだ幼い私は結局魔法を使うことはできなかった。

◆

そんな穏やかな日々が続いて、ようやく洗礼式の日がやってきた。

暖かな春の日差しは子供達の大切な一日を祝うかのように、優しく柔らかな光で緑の若葉を照らし、隙間からまっすぐ降り注ぐ木漏れ日は、これからの輝かしい将来への道筋を指し示すかのよう。

私はその日差しに目を細める。

……ちょっと眩しいわ。でも、とても素敵な朝ね。

私はお父様とお母様に手を引かれ、王都の教会へやってきた。私は今日の日のために誂《あつら》えてもらった新品のワンピースを着ている。珍しくお姉様のお下がりでないのが嬉しい。

教会には、私と同じ五歳の子供達が、親に連れられて沢山並んでいる。その子供達は自分に告げられる将来を夢想してみんな笑顔でいっぱい。

教会のステンドグラスには神々や天使の姿が色鮮やかに描かれていて、まるで今日洗礼を受けに来た子供達を祝福しているかのよう。そして、礼拝堂の中央にある創造神様の大きな白い石像は、口元に微笑みを浮かべ、ソワソワと落ち着きなく順番を待つ子供達を慈しむように見下ろしている。

私も、待ち時間が長いので、とってもドキドキする。

きっと、今日魔導師の職業を頂いたら、正式にお兄様とお姉様と一緒に魔法の練習をいっぱいして、将来はお父様のもとで三人揃《そろ》って魔導師として働くんだわ！

私はそう信じていた。

「大丈夫、きっとデイジーも魔導師に決まっているよ」

そう言って、私を励ますように、お父様が繋《つな》いだ手をぎゅっと握ってくれた。

「ええ、お父様。そうしたら、私はいっぱい魔法の練習をしてお父様のお役に立ってみせます」

それはとても自然で当たり前のことのように思えた。

名簿にある名前の順に司祭様が子供の名を呼んでいる。貴族は家格の順なのか、子爵の子である私はなかなか呼ばれない。そうすると、私達貴族の後に平民の子供達が呼ばれるのだろうか。

「デイジー・フォン・プレスラリア」

司祭様にやっと名を呼ばれた。

……私の番ね！　早く魔導師と告げていただきたいわ！

「はい！」

と元気に返事をして、教会の礼拝堂の一番奥の中央にある台座の前まで歩いていく。夢にまで見たこの瞬間に、私の胸はドキドキと高鳴る。

「さあ、この水晶の上に手を乗せて」

司祭様が私に、魔道具の水晶の上に手を乗せるように促した。私はそれに素直に従う。

「神よ、デイジー・フォン・プレスラリアに五歳の祝福と、相応《ふさわ》しき職業をお与えください」

眩《まばゆ》い光が私の手を覆う。


……水晶玉の中に示された職業は、『錬金術師』という文字だった。


「……え？」

私は、それ以上何も言えないまま、自分の名前と『錬金術師』と記された『職業証明書』を手渡してくださった神父様にお辞儀をして、早足で教会を出た。

……待って、なぜ魔導師じゃないの？

教会の外に出た私は一人で混乱していた。そして手渡された『職業証明書』に書かれた『錬金術師』という文字を呆然《ぼうぜん》と見つめる。

……錬金術師って何？　ううん、そこじゃないわ。私は魔導師の子。魔導師じゃないのはなぜ？

すると、突然脳裏によみがえるかのように、私が家族の皆から「この出来損ない！」と言われて追い出される光景が、まるで見たことでもあるかのように鮮明な映像として頭の中に浮かんだ。そんな酷《ひど》いことをするお父様やお母様じゃない。そして、私のことを仲間外れにして笑うようなお兄様やお姉様じゃない。それなのに、なぜ急に浮かんだ鮮明な映像は私の頭から離れないの？

私は、その恐怖を抑えることができず、大声で泣いた。

あとから追いかけてきたお父様とお母様が私を抱きしめて、私の背を撫でて宥《なだ》めてくれる。


……嫌！　嘘《うそ》よ！　家族に追い出されるなんて嫌よ！

お兄様やお姉様のように、当然与えられるとばかり思っていた魔導師という職業が、そして夢に描いていた未来が与えられなかったショック。そして、それを理由に家族に追い出されることへの恐怖で、私はただ泣くことしかできなかった。

◆

娘に与えられた職業は『錬金術師』。

それはあまり貴族家としては喜ばしいものではない。娘は洗礼式から帰るなり部屋に閉じこもっている。

あまり数のいない、回復魔法を使って人々を治癒する『回復師』が花形職業なのに比べて、『錬金術師』はポーションと呼ばれる薬を作って、彼らの数の少なさを補うためのような存在だ。王宮勤めの魔導師団の一員として前線に出るという華やかさもない。そのため、貴族家には不人気なのだ。

『錬金術』を極めれば、不老不死の妙薬と伝えられるエリクサーや、あらゆる知恵の結晶と伝えられる賢者の石を作れる……なんて伝説もあるが、実際に実物を見た者はいない。大抵の錬金術師は、軽い怪我《けが》や病気を治すポーションしか売っていない工房を営む者がほとんどだ。

なぜそんなレベルのものしか作られないのか。それは、この国では本はとても高価なものであるため、まず本を買うのに難儀するのだ。

そのため、本に記載のある薬剤、合金、特殊な繊維などを作り出してみたり、既存の薬剤の品質を向上させたりする行為はまず行われない。たとえその本に、過去の先人達の英知の結晶が詰まっていたとしても。

やがて師弟制度により、弟子は師匠から真似《まね》ることで技術を学ぶのが常となり、薬剤の調合具合や出来上がり具合は、勘や経験といったものに頼り、やがてこの国の錬金術師の技術は一定の水準で停滞していったのである。

先人達の輝かしい発見も、もはや過去のものと成り果て、錬金術師は初級レベルの薬師としての地位に甘んじていた。

さらに貴族家に不人気の理由は、それが女性だった場合、嫁入り先に恵まれないからだ。結婚の申し入れがあったとしても、錬金術師としての製薬能力を期待した高齢者への後添いや、要介護者のいる家への介護者として望まれるようなものがほとんどである。

若い娘が夢に描くような婚姻の申し込みはまず来ないのが通常。

男性に至っては、それが長男だった場合には、その職業が一族へ遺伝することを忌避して、廃嫡されることさえあり得るのだった。

……さて、どうしたものか。

私ヘンリーは考えていた。職業を錬金術師と定められてしまった愛娘《まなむすめ》のデイジーは、まだ泣いて自室にこもっている。ならば、父親としてこの事態にどう対応すべきかを考えて、それを娘に示してやらねばならないだろう。

デイジーの職業が錬金術師と決まってしまったことはもう覆《くつがえ》らず、宗教上拒むことも許されない。だが、その条件下でも、娘が幸福に生きられるかどうかは、彼女の、そして支えるべき私達父母の対応次第で変えられるはずだ。それがたとえ不遇職だとしても道はあるはず。

娘をどのように導けば、彼女に幸福な人生を送らせてやれるだろう。

……ちなみに、巷《ちまた》では不遇職に決まった子を勘当したり、冷遇したりすることが往々にして行われているようだが、私にはそのような選択肢は最初からありはしない。

一人で悩んでいても仕方がない。そう思った私は、妻と相談すべく彼女の部屋へ向かった。

「ロゼ、いるかい？」

扉を優しくノックして、妻のローゼリアに声をかける。

「ええ、いるわ。エリー、開けてちょうだい」

妻の言葉に従って侍女のエリーが扉を開けてくれた。部屋に入って、私は妻の頬《ほお》にキスをする。

「デイジーの今後のことで話したくてね。今、君の時間をくれるかい？」

ローゼリアは、私にキスを返して、美しい笑みを浮かべる。

「勿論《もちろん》です、ヘンリー。あの子は私達の可愛い娘。親として当然です」

そう言うと、ロゼは私をソファへ招き、それに応じて彼女の横に座る。エリーは私達に紅茶を用意すると、一礼して部屋をあとにした。

「デイジーの『錬金術師』の件なんだけれどね」

私の切り出しの言葉に、ロゼはコクリと頷《うなず》く。

「あの職は、たとえ貴族の子女といえども、幸福な人生を送るのは難しいと言われている、いわゆる『不遇職』だ。それは君も知っているよね？」

ロゼは再び頷く。母親である彼女の表情も、私と同じく憂いに満ちている。

「そもそも、あの子は上の兄姉と同じく当然魔導師になれると夢見ていたのではないかしら。私だってそう思っていましたもの。……でも、考えようによっては、あの子ならば、あの職もあながち悪いものではないと思うのです」

意外な意見がロゼの口から出たことに、私は、ほう、と呟《つぶや》いて興味を持った。

「ロゼ、それはどういうことだい？」

一口紅茶を口に含み、ロゼが答える。

「実は、あの子はなぜか同じ年頃の子と比べると不思議なくらい学力が高いのです。あの年で読み書き計算を既に完璧に習得していますのよ。言葉遣いも礼節も、上の二人よりも優れているぐらいです。しかも植物に関してはとても研究熱心で、それらの専門書などを読んでいるんですよ」

そこまでだったとは。それは私にとって初耳だった。そしてロゼはさらに説明を続ける。

「あの子には類稀《たぐいまれ》な学力と情熱があります。ですから、あの子の興味が与えられた職業に向けば、たとえそれが錬金術師でも、その不遇といわれる理由すら跳ね除《の》けて、強く幸せに生きていけるのではないかと思うのです」

そう言って、デイジーが手をかけて育てたバラが咲く庭に目をやった。

ふむ、とロゼの意見を受けて私は頷く。

「ではまず、あの子に錬金術に対して興味を持ってもらうことと、錬金術そのものに実際に触れてもらおう。そして、私達はその手助けをしてあげるのが良さそうだね」

ロゼは子供達のことをよく見ている良き母だった。さらに口を開いて私に提案する。

「それなら、錬金術に関する本や専門の道具やらを与えてみてはどうでしょう。案外素直に興味を持つのではないかしら？」

「さすがは私のロゼだ！」

私は妻の肩に腕を回して抱き寄せ、その唇にキスをする。

「早速、あの子に必要なものを買いに出ることにするよ！」

私は憂いが晴れたような心持ちで足早に部屋を後にした。さあ、娘のために何を用意しようか！

◆

私は、洗礼式から帰ってきて、ずっと部屋にこもっていた。

お兄様やお姉様と同じように、魔導師の職を頂けるのが当然だと思っていたし、魔導師になる将来を当たり前のように夢に描いていた。その夢が奪われて、とても悲しかった。

そして、なぜか家を追い出されるという映像が脳裏から離れない。しかも、その映像は、かつて見たことがあるような妙な現実感があって、とても怖かった。

「やっぱり、私、捨てられちゃうのかしら？」

部屋の中でベッドに潜り込んだ私は、ポツリと呟いた。


だが、こもって二日目の朝、さすがにお腹《なか》がくぅーっと鳴って、私はこっそり部屋を出ることにした。居間に行ってみると、お母様がテラスでお茶を飲んでいて、そのそばにはエリーもいる。

お兄様とお姉様もちょうどいて、私の顔を見て嬉しそうに私のもとへ駆け寄ってきてくれる。

「あら、デイジー！　やっと顔を見せてくれたわね！」

お母様が立ち上がって私の背丈までしゃがみ込む。そして、私を抱きしめて頬にキスをくれた。

「デイジー！　君が好きそうな本を見つけたから、待っていたんだよ。やっと出てきたんだね！」

お兄様も私をぎゅっと抱きしめてくれた。

「お部屋に飾るお花を選ぶ約束をしていたのに。デイジーとの約束だから待っていたのよ。あとでお庭に行って一緒に選びましょうね！」

続いて、お姉様も、にっこり笑って優しく私を抱きしめてくれた。

「……閉じこもっていてごめんなさい、お母様、お兄様、お姉様」

そこでまた、私のお腹がくぅーっと鳴いた。

「あらあら、お腹がすいたのね。当然だわ。エリー、粥《かゆ》かスープ、リゾットもいいかしら。何かお腹に優しいものを食べさせてやってくれる？」

お母様がエリーに指示をすると、エリーがにこりと微笑む。

「お嬢様が出てこられたらすぐにお出しできるようにと、厨房《ちゆうぼう》の者が麦を茹《ゆ》でて待っておりますよ。厨房の皆も、お嬢様がお食事なされないことをとても心配しておりましたから」

そう言って、彼女は一礼して厨房へと消えていった。

私が食卓で待つこと少々。エリーが、作りたてで温かい、スープ多めの麦粥を持ってきてくれた。スプーンで掬《すく》って食べるそれは、野菜も肉もみんな細かくみじん切りにされ、麦も柔らかく煮込まれた、優しい味のする粥だった。お腹も心もじんわりと暖かくなった。

……でも、どうしていらない子に、みんなこんなに優しくしてくれるのかしら。

私が食卓で食事を終えたタイミングで、お父様が私のもとにやってきた。

「デイジー！　やっと出てきてくれたんだね。お父さんは嬉しいよ！」

そう言って、私をぎゅっとしてくれた。でも、私の心に巣食った、捨てられてしまうのではという思いで、嬉しいはずのお父様の抱擁なのに私の体は竦《すく》んでしまった。

「デイジー、お父さんは、君にプレゼントがあるんだよ！」

そんな私の気持ちには気づいていないのかしら？　にっこり笑って私の手を取るお父様。

そして、私はそのままお父様の執務室に連れていかれた。


連れていかれたお父様の執務室の机とサイドテーブルには、見たこともないキラキラした透明のガラス器具や真っ白い陶器の道具がたくさん並んでいた。そして立派な本が三冊もあった。

「これは錬金術師になるデイジーへのプレゼントだよ！」

このキラキラと光る不思議な形をした器具達は何かしら？　私は、好奇心と、本への興味でフラフラと机に近寄った。一番上の本をぱらりとめくると、色々なものの作り方が書いてある。

「ろか、じょうりゅう、ポーション……？」

その本には、私の知らない知識がいっぱい詰まっている。もっとこの本を読んでみたい。

「これを、全部私に？」

振り向くと、私の後ろで見守るように立っていたお父様が、うん、と頷いた。

「あの……。お父様やお母様は、お兄様、お姉様のように、お父様と同じ魔導師になれない私にガッカリしてないの？　……私はおうちの役に立たない、いらない子じゃないの？」

自分で言って、また思い出して悲しくなって、うるっと私の目が潤んでしまう。

「何を言うんだい、デイジー。錬金術師は、神様がデイジーにピッタリだと思って与えてくださった職業だよ。デイジーが頑張っていくというのなら、お父さんもお母さんも、みんなデイジーを応援するよ。それにね、デイジーがいらない子なわけがないだろう、君は私達みんなの大切な家族なんだから」

お父様は胸元のポケットからハンカチを取り出して、私の潤んだ瞳を優しく拭ってくれた。

……私はいらない子になったわけじゃないのね！

心の中に燻《くすぶ》っていた恐怖が、お父様の優しさに触れて、最初からなかったことのようにふわりと消えていった。そして私の心に残ったのは、家族の温かさと、新しいものへの好奇心だけになった。

「お父様、私、頑張ります！　立派な錬金術師になります！」

私は、ほっとしてぎゅっとお父様に抱き付いた。私は役に立たない子だ、だからいらないって、家族に言われるのが怖かっただけなのかもしれない。お父様はそんな私を抱きしめてくれた。

錬金術では火を使う。だから、錬金術の実験を私が自室でやるのは危険だろう、とお父様は判断した。なので、使用人に空いていた離れの小屋を綺麗《きれい》に片付けさせ、私専用の実験室として与えてくれた。綺麗なガラスや陶器でできた実験器具達はそこに運び込まれた。

そしてまず、本は自室で読みたいという私の要望で、『錬金術入門』の三冊は私の部屋に置かれることになった。

実験室の準備が整ったと言われたその日、私は器材が並べられた離れの小屋にそっと足を踏み入れてみた。

小さな窓から、明るい外の光が差し込んでいて、小屋の中は明るく、真新しい器材達は、早く使って欲しいとばかりにキラキラ輝いている。元々物置小屋だったなんて暗いイメージは見る影もなかった。

そこは私のために準備された、家の離れの小さなアトリエになっていたのだ。

……私、ここでいっぱい錬金術を勉強するわ。そして、お父様に約束したとおり立派な錬金術師になるわ。いつか王都にアトリエを持てたら、一人前の錬金術師っていえるかしら？

私の胸に、そんな小さな夢が生まれた。

第二章　水

私は自室のベッドにうつ伏せに寝そべり、早速『錬金術入門・上』を読み始めた。

……あれ？　まずお水のことからなの？

泥水は汚いのはわかるけれど、なんと透明に見える『水』にも品質があるのだそうだ。

色がない物質が溶け込んでいたり、目に見えないほど小さな細菌がいたり……。そういう体に悪さをする生き物が混じっていたりすることがある。

そういう悪い水は、ものを作る場合に使ってはいけないらしい。

……少し、色んな水を見に行こうかしら。

まずは、井戸の水。これは、家の厨房に汲《く》んだものが置いてあった。

【水】
品質：普通（マイナス1）
詳細：細菌が極微量含まれている。煮沸して使うことが望ましい。

……わ、見えないのに細菌がいた！

「ねえ、マリア」

厨房にいる料理係の一人に声をかけてみた。

「はい、デイジー様、どうしましたか？」

手を腰にかけたエプロンで拭きながら答えるマリア。

「この井戸水って、そのまま飲んだりするの？」

マリアは首を振って答えた。

「皆様のお口に入れるには、一度沸かしてお茶として飲んでいただいたり、そうでなくても、お湯を冷ました『湯冷まし』というものを飲んでいただいたりしていますよ。料理にしてもやっぱり煮込んだりしますし……」

「ふーん、そうなのね。ねえ、マリア。その、『湯冷まし』ってある？」

マリアは厨房の奥から、コップに水を注いで持ってきてくれた。

「はい、どうぞ」

渡されたコップの中の水を私はじっと覗《のぞ》き込《こ》んでみた。

【水】
品質：普通
詳細：細菌は死滅している。飲用可。

我が家の台所事情は大丈夫そうね。

「ありがとう！　マリア！」
お水をごくりと飲み干して、マリアにコップを返して厨房を出た。
その次に、私は庭のバラ園にある池を調べてみた。予想どおり汚かったけれど。

【水】
品質：低質
詳細：土や細菌、虫が含まれている。飲用してはいけない。

タライに溜《た》まった雨水も見てみる。

【水】
品質：普通（マイナス2）
詳細：大気中の汚染物質が含まれている。そのままの飲用には向かない。

うーん、でも煮沸した水でもやっと『普通』なのよね。それ以上に品質を良くする方法ってないのかしら？
私は自室に走っていき、また本を開く。水の話には続きがあった。錬金術で何か物を作る場合には、基本的には『蒸留器』を使って、不純物を取り除いた純水、『蒸留水』を作るのだそうだ。

蒸留水を作ってみようかしら？　この本に書かれている過程と、実物を見てみたいわ。

私は、部屋から『錬金術入門・上』を胸に抱いて、私の離れの実験室に入った。本に描かれていた蒸留器の絵をもとに、該当する機材を探しあてる。

「これかぁ」

蒸留器の構造はこうだ。まず、『フラスコ』という底が丸くて先が細くなっているガラス容器が二つある。そして、ガラス管で二つのフラスコ間は繋がっている。

二つのフラスコの用途は、一つは蒸留されるものを入れる用、残りの一つは蒸留後の受け用だ。

そして、蒸留されるものを入れるフラスコの下には、魔道具である加熱器が、二つのフラスコを繋ぐガラス管の上部には冷却器が付いている。

実際に器具を使ってみるために私はフラスコを持って厨房へ行き、井戸水をフラスコに入れて実験室に戻ってきた。ついでに、まだ五歳の私が一人で実験することは禁止されているので、侍女を一人連れてきて立ち会ってもらうことにした。


私の、『初めての実験』だ。

……ちゃんと本に書いてあるようにできるのかしら。

すごくドキドキするし、緊張する。

そして、お父様のせっかくの贈り物を壊しちゃったりしないかしら。

恐る恐るガラス器具達に触れてみる。触れれば割れてしまいそうにも見えたそれらは、意外に丈夫で、コンコンと爪で叩いても大丈夫だった。だから、安心して作業を始めることにした。

水の入ったフラスコを、蒸留器にセットする。そして、私はドキドキしながら蒸留器のスイッチを押してみた。

すると、加熱されているフラスコの水に次第に気泡が生まれ始め、それがだんだん大きなものになる。

フラスコの上部に水蒸気が立ちこめ始め、水はさらに大きく激しく沸騰し、冷却器の部分に水滴が溜まり、ガラス管を通して受け用のフラスコに水が流れ落ちていく。

しばらく経《た》って、あらかた受け側に移動したので、魔道具のスイッチを切る。そして、両方のフラスコに入った水を見比べてみた。

受け側に溜まった水はこう。

【水】
品質：良質
詳細：蒸留水。純粋な水。

「うわぁ！　これが本に書いてあった蒸留水なのね！」

前より品質が良いわ！

「実験は成功だわ！」

初めて実験というものを成功させた感動で、思わず声が漏れた。

ちなみに、最初に水を入れておいたフラスコの方はこうなっていた。

【水】
品質：普通（マイナス2）
詳細：不純物が濃縮された水。廃棄物。

……こっちは、水が減って汚れが濃くなった分、品質は落ちるってことね。

私は、『初めての実験』に成功した。実験の基本になる蒸留水を作ることができたのよ！

私はとっても嬉《うれ》しくて興奮して、何度も何度も、その二つのフラスコの中身を見比べる。

ただ、付き合ってもらった侍女には全く違いがわからないらしく、首を傾《かし》げてもとの仕事へ帰っていってしまったけれど。

第三章　ポーションを作ろう

私は今日も自室で『錬金術入門・上』を読んでいる。今日は、ちゃんと椅子に座って机に向かって本を開いている。だって、今日始めようと思っているのはお薬であるポーション作りだ。

錬金術師っぽくて自然と背筋も伸びるわ！

「ポーションの材料は、癒《いや》し草と魔力草と水……」

どうしたら手に入るのかしら……。

私は庭師のいる離れの小屋まで歩いていって、庭師のダンを訪ねた。

「こんにちは、ダン」

突然の小さな来客に驚くダン。

「おや、デイジーお嬢様。わたくしめに何か御用ですかな？」

「癒し草と魔力草が欲しいのだけれど、どうしたら手に入るのかしら？」

首を傾げてダンに質問する。

「それは街へ行って、薬草屋で買うのが一番手っ取り早いですね」

ダンはそう教えてくれた。

……じゃあ、お母様の許可が必要ね。

お母様が昼間いそうな居間へ行くと、お母様はエリーと一緒に刺繍《ししゅう》中だった。

「あら、デイジー。どうしたの？」

針を動かす指を止めて、私に視線を向ける。

「ポーションを作りたいのですけれど、それには癒し草と魔力草が必要なんです。ダンに聞いたら、薬草屋で売っていると聞きました」

それを聞いてお母様は少し困ったように首を傾げる。

「デイジーはまだ五歳。街に買い物に行くのは早いわよね……」

うーん、と言って思案顔だ。そこへ、そばにいたエリーが提案してくれた。

「奥様、私が買ってまいりましょう」

こうして、私は六束の癒し草と三束の魔力草を手に入れることができた。できたんだけど……。

「うーん、でも新鮮じゃないのよね、これ」

実験室に移動しながら、受け取った癒し草と魔力草を眺めて呟く。

【癒し草】
品質：普通（マイナス1）
詳細：採取から少し経っている。少し萎《しな》びている。

【魔力草】
品質：普通（マイナス1）

詳細：採取から少し経っている。少し萎びている。

……良い素材を手に入れる方法はまたあとで考えるしかないかしら。

実験室に着いた。

まずは、癒し草と魔力草をよく洗って水気を取り除く。

『錬金術入門・上』には、癒し草と魔力草を2：1の割合で水に入れて抽出すると書いてある。

私はビーカーに入るサイズに粗く刻んだ癒し草と魔力草、そして水を入れて蓋をし、一晩放置してみた。もちろんお水は蒸留水を使った。

翌日、仕込んでおいたものを鑑定してみた。

……あれ？　ポーションができていない？

【ポーション？？？】

品質：超低品質

詳細：薄い。有効成分がほとんど抽出されていない。これを飲んでも何も治らないだろう。

……まず、『？？？』って何。ちょっと待って、本のとおりに作ったのに！

クルクルかき混ぜた方がいいのかしら？　と思って、スプーンでかき混ぜてみた。

詳細：やっぱり薄い。有効成分がほとんど抽出されていない。これを飲んでも何も治らないだろう。

品質：超低品質

【ポーション？？？】

……本に書いてあることだけでは足りないってこと？

最初からつまずいちゃったわ。錬金術では、試行錯誤することが必要なのかしら。

うーん。葉っぱをすり潰す？　乾燥させたものを浸す？　お茶を入れるみたいにお湯を注ぐ？

考えるだけなら、色んな案が浮かんでくるけれど……。

……ん？　そういえば私は、買ってもらった本の一冊を齧《かじ》っただけよね。ちゃんと三冊読んだら答えが書いてあるかしら？

買ってもらった残りの癒し草と魔力草は、少し湿った地下に掘られた保管庫に入れておいて、本を確認するために部屋に戻ることにした。

◆

一度基本に戻って、本を読破してみよう。そう思って、やっと二冊までは読み終わったのだけれど、まだ目的の内容は見つからない。なかなか三冊を読み切るのも大変だ。だって、まだ私は五歳だもの。集中力だって限界があっても仕方ないじゃない。だから私は、今日は気分を変えて、三冊目の本を居間で読むことにした。

「紅茶をご用意いたしますか？」

そんな時に声をかけてきてくれたのは、ケイトという名のよく私の実験に立ち会ってくれる侍女だった。その彼女が、本を読んでいる私に気づいて尋ねてくれた。

「でも、手を滑らせて大切な本を濡《ぬ》らしてしまったら困るわ。ケイト、気持ちだけありがとう」

ニッコリ笑って申し出を断ると、ケイトも笑顔で一礼して去っていった。

「……うーん、ずっと色んなものの作り方のレシピが書いてあるだけねえ……」

根を詰めて読むのにも、さすがに五歳の身には堪えてきたので、ついついパラパラとページを流し読みしながらめくってしまっていた。

……あれ？

『抽出とは』と題されたページで手が止まった。

なになに……。

『植物など原料中に含まれている成分を選択的に分離する操作のことをいう』

これだわ！

『固体からの成分を抽出する場合、一般的にはその原料を水などに漬け込み、可能であれば加熱・

攪拌《かくはん》します。また、場合に応じて、原料を事前に細かく砕きます』
「足りなかったのはこれだわ！」
私はケイトを伴って、実験室に急いだ。

「植物を砕くのには……」

私は実験室にある器具を見回す。

「すり鉢じゃないですか？　お料理でも使いますよ。あとは、包丁でみじん切りにするのもいいかもしれませんね」

そう言って、ケイトが陶器製の器具を指さしながら教えてくれた。

「じゃあ、両方を比べてみるわ！」

私がそう言うと、「じゃあ私がみじん切りを担当しましょう」と申し出てくれた。

うん、お料理したことなかったから、ケイトがみじん切りするのを見て、初めてみじん切りのやり方を知ったわ。いいのよ、私は貴族令嬢なんだから、最初はみじん切りを知らなくても大丈夫よ。

私は心の中で自分自身を慰めた。

まずは、私がすり鉢ですった、癒し草と魔力草を分量どおりビーカーの中の水に入れる。そして、魔道具の加熱器の上にビーカーを載せて加熱する。そうすると、ビーカーの内側に、小さな気泡が付き始めた。

【ポーション】
品質：普通（マイナス1）
詳細：有効成分は薄め。だが、やや苦い。

……これだけでも、最初のものよりマシだわ！
もう少し経つと、気泡が大きくなってきた。

【ポーション】
品質：普通（マイナス1）
詳細：有効成分はやや薄め。だが、苦い。

……あれ。苦いのは困るんだけど。
さらに経つと、時々ポコポコし始めた。

【ポーション】
品質：普通
詳細：有効成分は十分抽出されている。だが、その分苦い。すごく苦い。

……良薬は口に苦しとはいっても、すごく苦いのは飲みたくないわね。

そして沸騰し始める。

【ポーション】
品質：低品質（プラス1）
詳細：有効成分が一部失われている。苦味も薄れている。

私は、近くにあった反古《ほご》紙の裏を使って、この経過をメモに取る。

「品質として一番いいのは沸騰前のものね。そうすると、沸騰する前に加熱器を止めるのが良さそう。……でも苦いのは困ったわね」

とりあえず、すり鉢ですった方は結果が取れたから、みじん切りを試してみよう。

癒し草と魔力草を分量どおりビーカーの中の水に入れる。そして、魔道具の加熱器の上にビーカーを載せて加熱し始めた。ビーカーの内側に、小さな気泡が付き始めた。

【ポーション】
品質：普通（マイナス1）
詳細：有効成分は薄め。だが、少し苦い。

……やっぱり苦くなるのね。
そのうち、気泡が大きくなってきた。

【ポーション】
品質：普通（マイナス1）
詳細：有効成分はやや薄め。だが、やや苦い。

さらに経つと、時々ポコポコし始めた。

【ポーション】
品質：普通
詳細：有効成分は十分抽出されている。だが、その分苦い。

……やっぱり苦いのかあ……。
でも、すった時は『苦い』って二回言っていたわよね？　ということは、すった時よりみじん切りの方が苦味は少ないみたいだわ。
私はひとまず、みじん切りした材料をもとに、沸騰前で加熱を止めた液体を布で漉《こ》し、ガラス瓶に入れた。苦いけど、一応完成……なのかなあ？

「ねえ、ケイト。普通の品質のポーションはできたけれど、苦いのよね。困ったわ」

私の実験を見守っていたケイトが、私の言葉に首を傾げる。

「お嬢様はどうして使ってもいないのに、品質や味がわかるんですか？」

あ、そうだ！　私誰にも鑑定のスキルのことを話してなかったわ！

私は、出来上がった苦いポーションを持って、実験室を出ることにした。

そして、居間にいそうなお母様を探す。

「お母様」

居間のテラス席にいたお母様のそばへ行き、「お母様とお父様にだけ内緒のお話があるの」とお願いした。すると、その日の夕方、お父様がお仕事から帰ってきた時に時間を作ってくださることになった。


「それで、内緒のお話ってなんだい？」

私はお父様とお母様と三人、お父様の執務室のソファに腰かけて話し始めた。

私は手に握っていたガラス瓶を見せる。

「これは、私が作ったポーションです。品質は普通ですが、苦いものです」

お父様とお母様が顔を見合わせる。そして、しばらくお父様とお母様の間に沈黙が続く。

「あなた。五歳児って、本と道具を与えれば、一人でポーションを作れるんでしたっけ？」

「いや、普通あり得ないと思うが……」

動揺をごまかすように、コホン、と一つ咳払《せきばら》いをしてお父様は私を正面から見つめてきた。

「自分で飲んで確かめたのかい？」

お父様が私に問いかける。私はふるふると首を振って否定する。

「それじゃあ、どうしてそれが普通のポーションで苦いってわかるのかしら？」

お母様から質問がやってくる。まあ、そう思うわよね。

「私、お花達の相手を沢山していたら、【鑑定】っていうスキルが身についたんです。だから、見ればそれがどういうものかわかるんです」

「「ええっ！」」

お父様とお母様が驚いて再び顔を見合わせた。

「人のことも【鑑定】できてしまうのですが、覗《のぞ》かれると思われてみんなに嫌われたら嫌なので内緒にしていました。でも、見ようと思わなければ見えないので、決して覗き見していません」

「うーん。じゃあ、嫌ったりしないから、試しにお父さんのことを見てくれるかい？」

そう言われたので、私はお父様をじっと見た。

【ヘンリー・フォン・プレスラリア】
子爵
体力：550／550　　魔力：1360／1360
職業：魔導師団・副魔導師長

スキル：火魔法（8／10）、風魔法（7／10）、土魔法（6／10）、魔法耐性（5／10）

賞罰：なし

……あれ、少し項目が増えている？

「……という感じです」

ちょっと疑問点があったが、言われたとおり、お父様の鑑定結果を読み上げた。

「鑑定スキルなんて、王城にだって持っている人は一人しかいないぞ。そもそも、国内に片手で数えられるほどしかいない希少なスキルだと聞いている。職業が不遇だとかそれ以前に、鑑定スキルがあればそれで十分引く手数多《あまた》だろう」

お父様は唸《うな》りながらも、さらに言葉を続ける。

「そして、デイジーの言う結果は、私の使える属性も合っている上に、私さえ知らなかった魔法耐性のスキルがあることまで見抜いている。本当に見えるのか……」

その後も、家にある色々なものを鑑定させられ、私はそれをこともなげに言い当てた。秘められている祝福効果や身体能力の向上機能を備えた装飾品も、その効能と共に当てていった。そのことがお父様とお母様に私の能力を信じるに値する根拠となって積み重なっていくようだった。

そして、会話はポーションの話題に戻って……。

「だって、本に書いてある方法をもとにして、鑑定が言っていることを参考にしながら考えて調合したら、できちゃったんです」

「……できちゃった、か」

お父様は口元を押さえて唸っている。お母様も頬《ほお》に手を当てて思案げな顔をする。

「錬金術師は複数のものを調合して新たなものを作る職業だ。鑑定スキルなんて持っていれば、その出来具合の判断は容易《たやす》いから、作製方法のガイドが備わっているようなものなのかもしれないな」

うーん、とまたもや唸ってお父様は何かぶつぶつと呟き出す。

「デイジーは同年代の子に比べて頭も良く、その上鑑定スキルまで持っている。そういう子に錬金術師が職業として与えられたのは不遇どころか必然だったのか……?」

お父様は頭を抱えてしまっている。

「神の思し召《おぼめ》しはともあれ、鑑定スキルについては公言をしない方がいいでしょうね。まだ小さいし、そのスキルを目当てに誘拐でもされたら大変だわ」

「そうだな、信頼できる相手だけに伝えることにした方がいいね」

お父様とお母様の深刻そうな様子を見て、「できました!」と伝えて、褒めてもらおうと思って報告しにきた、私の高揚した心が萎《しぼ》みそうになってくる。

私、何か間違えちゃったのかしら。

けれど、そんな浮かない顔の私に気づいたお父様が、私の肩を優しく掴《つか》んで教えてくれる。

「大丈夫、デイジー。それは神様がくださった素晴らしいスキルだ。誇りに思うことはあっても、卑屈に思うことはないからね。だけど、まだみんなには内緒にしようね」

私は、お父様に肯定されたことで、ほっとして笑顔になった。そしてお父様の言いつけに頷いた。

そんな時に、大きな泣き声を上げて二つ年上のレームスお兄様が帰ってきた。

「どうしたんでしょう？」

三人で顔を見合わせ、声の主のもとへ移動した。

お兄様は侍女に付き添われて、居間にいた。

なんでも、馬車から降りた後、つまずいて転んでしまったのだそうだ。侍女の手により傷の洗浄はしたらしいんだけど、酷《ひど》く擦《す》り剝《む》けた膝と手のひらが痛そう……。

……膝が真っ赤になっていてかわいそうだわ。

「……あなた、デイジーのポーション、あれだけあの子のスキルを確認したんです。あれは間違いなくポーションでしょう。レームスの怪我《けが》に使ってみませんか？　ポーションを使うほどの傷じゃありませんけど、痛そうで……」

お母様がお父様に聞いている。

「……デイジーの能力は本物だろう。だったら、苦いだけだから外用には問題ないはずだな」

うん、と頷《うなず》くお父様。

「デイジー、レームスのために、君のポーションを貰《もら》えないかい？」

私は、はいと頷いて、握っていたポーション瓶をお父様に渡した。

お父様が、瓶の蓋を開け、まずは膝にパシャッとかける。すると、石畳の道の小石で皮膚が酷く擦り剝けて血の滲《にじ》んだ膝は、健康な肌色の皮膚が外側から傷を覆うようにして被《かぶ》さって、あっという間に綺麗《きれい》に治ってしまった。

次に、転んだ時についてしまった方の手のひらにもう一振りかける。すると、こちらも新しい皮膚が再生して、何事もなかったかのように綺麗に怪我は消えてしまった。

怪我が一瞬で治るなんて、ポーションってすごいわ。

……それに何より、お兄様のお怪我を、私のポーションで綺麗にしてあげられて嬉しい！

「本当に治ったな……」

試してみたお父様とお母様も、お兄様の世話をしていた侍女も驚いていた。

「え、なにこれ、すごい！　デイジーのポーションってどういうこと？」

泣いていたお兄様が目をぱちくりとさせている。

「これはね、デイジーが初めて作ったポーションなんだよ」

お父様が瓶に蓋をしながら、お兄様に答え、私も嬉《うれ》しくてお父様の横でにっこりした。

「僕より小さいのに、ポーション作れるの？　僕なんか治癒魔法使えないのに！　怪我治せるなんてすごいね！　それに、あんなに痛かったのに、僕、もう全然痛くないよ！」

お兄様は大興奮で、まだ涙のあとの残るキラキラした目で私を見つめた。

……が。

「うわ、苦い！」

ぺろっとポーションをかけられた手のひらを舐《な》めてみて、眉間に壮大なシワを寄せる。

「この薬、苦すぎるよ。このままじゃ病気の時は絶対飲まないからね！　それまでに苦いの直してね！」

そう言って、厨房《ちゅうぼう》に水を求めて走っていってしまった。

「おやおや。注文が入ったようだね」

お父様もお母様も侍女も私も、みんなしてお兄様の言い草に笑っている。

そんな中、瓶の中にまだ少し残っているのを見て、お父様は侍女の指先を見た。

「手が荒れて切れてしまっているね。残りで済まないけれど、使いなさい」

そう言って、恐縮する侍女に渡すと、侍女がその場で残りのポーションを両手にかけた。すると、あかぎれも治り、綺麗になった手を嬉しそうに眺めてから、「ありがとうございました」と言って私に空き瓶を返してくれた。

そして、そのあと、ポーション代だよと言って、お父様が銅貨十枚をくれた。なんだか初仕事っぽくて嬉しくて、その十枚の銅貨は私の部屋の宝箱にしまっておくことにした。

ちなみに、お父様のことを【鑑定】した時、何か増えたと思ったら、「賞罰」という項目が増えたらしい。私の能力も少し変わっていた。

【デイジー・フォン・プレスラリア】
子爵家次女
体力：10／10　　魔力：１５０／１５０
職業：錬金術師　　スキル：錬金術（2／10）、鑑定（4／10）
賞罰：なし

職業が錬金術師に変わっているわ！　ポーションの代金をお父様から頂いたから、職業として認められたのかしら。そして、実験で何回も鑑定を使ったことで経験を積んだからか、鑑定スキルが上がっていた。

◆

ところで、ポーションの苦味について。苦いままでは飲めないので、大問題だわ。

苦いといったらお野菜。みんな苦手よね？　そう思って、私は厨房に行ってみることにした。

厨房には料理長のボブがいた。

「こんにちは、ボブ。少し教えてもらいたいことがあるのだけれど」

「おや、お嬢様が私に質問ですかい？　なんでしょう？」

エプロンで手を綺麗にしながら、私の顔を覗き込む。

そこで、ポーションを作るのに葉っぱをすり潰したり、みじん切りにしたりしたら苦くなってしまったことを話した。そして、苦いといえば野菜なので、ボブに聞いたのだという事情を話す。

「そうですねえ……ああいう葉物類にはえぐみや苦味があるんですよ。だから、そういう葉っぱは、何もしないですり潰したりみじん切りにしたりするのはダメなんですよ」

うんうん、と私は頷き、メモを取る。

「そういう場合は、塩で揉《も》むとか、あとは塩で揉んでからお湯でサッと下茹《したゆ》でして使うとえぐみが取れるものもあります。下茹でしたら水で冷やしてあげてくださいね。あ、長く茹でちゃダメですよ！」

……長く茹でちゃダメ、と最後までメモをした。

「とっても参考になったわ、ボブ！　ありがとう！」

そうして、またお母様の許可を得るためにお母様のもとへ走った。

「女の子があんまり走るものではありませんよ」

少しお母様に窘《たしな》められてしまったわ。ごめんなさい、とお母様に謝ってから、苦味を除くために塩が必要なこと、湯で茹でる必要があるかもしれないので、ザルが欲しいことを伝えた。お母様は、エリーに言って、倉庫の塩と、厨房の余っているザルを譲ってくれた。

塩とザルをケイトに持ってもらって、私は実験室に向かった。

「下茹では、お嬢様はいきなりできないでしょうから、私がやりましょう。見ていてくださいね」

そう言ってにっこり笑ってくれた。とてもありがたい申し出だわ。

そういえば、お父様とお母様の考えで、私の実験の時の見守りとお手伝いについては、基本的にケイトだけが担当することになった。そして、彼女だけには、私の【鑑定】の能力を知ってもらうことになったのだ。

「そういえば、どちらかの葉っぱだけが苦いのであれば、そちらだけを処理すればいいのよね」

ぱっと思いついて、それぞれの葉っぱを齧《かじ》ってみた。

「……差はあるけれど、どちらも苦いわね」

私はその苦味に顔を顰《しか》めた。齧った葉はお行儀が悪いけど……、ゴミ入れにぺっとした。

「じゃあ両方共処理しましょうか」

ケイトに言われて、うん、と頷いた。私は塩揉《しおも》みしてから水で洗ったものを作り、ケイトには塩揉みしてからサッと湯掻《ゆが》いて水で冷やしたものを用意してもらった。当然下処理した葉は水気をしっかり切ってからみじん切りしてある。

まずは、塩揉みしただけの葉から試してみましょう。

癒《いや》し草と魔力草を分量どおりビーカーの中の水に入れる。そして、魔道具の加熱器の上にビーカーを載せて加熱し始めた。ビーカーの内側に、小さな気泡が付き始めた。

【ポーション】
品質：普通（マイナス2）
詳細：有効成分は薄め。

……まあ、最初はそうよね。

もう少し経つと、気泡が大きくなってきた。

【ポーション】
品質：普通（マイナス1）
詳細：有効成分はやや薄め。

……うん、まだまだ。
さらに経つと、気泡がポコポコし始めた。一応、ビーカーの中の液体を棒で優しく撹拌した。

【ポーション】
品質：普通
詳細：有効成分は十分抽出されている。若干苦い。

……やった！　苦さがだいぶ減っている！
私は、そのちょっと苦いポーションを布で漉《こ》して、瓶に入れた。
次は、塩揉みしてサッと湯掻いたものを使ってみよう。
癒し草と魔力草を分量どおりビーカーの中の水に入れる。そして、魔道具の加熱器の上にビーカーを載せて加熱し始めた。ビーカーの内側に、小さな気泡が付き始めた。

【ポーション】

品質：普通（マイナス2）
詳細：有効成分は薄め。

……まあここは同じよね。
もう少し経つと、気泡が大きくなってきた。

【ポーション】
品質：普通（マイナス1）
詳細：有効成分はやや薄め。

さらに経つと、時々ポコポコし始めた。今度も、棒で優しく撹拌をした。

【ポーション】
品質：普通
詳細：有効成分は十分抽出されている。若干甘味《あまみ》を感じる。

……苦いって書いてないわ！　しかもちょっと甘いなら、きっとお兄様も飲みやすいはずよね！
「やった！　苦味が取れたわ！　ケイト、普通で少し甘いポーションが完成したわ！」

私は、普通の品質の苦味のないポーションを作ることに成功した。思わずはしゃいで飛び跳ねてしまったら、少しケイトの視線が痛い……。いいじゃないい、貴族とはいえ、私はまだ子供なんだから。

ふとその時、ケイトの指先が目に入った。すると、やはり日々の仕事で手が荒れているようだった。ポーションを漉した布にも有効成分は残っているはずよね？

「ねえケイト、この濡《ぬ》れた布で指先を拭ってみて」

私がお願いすると、ケイトが、私に言われたとおりにポーション浸しの布で荒れた指先を拭う。

「あ、手荒れが治っていきます……」

驚いたように目を見張るケイト。

「うふふ。お嬢様のお供に、こんな役得があるなんて」

やはり女性だ。綺麗になった自分の指先を嬉しそうに眺めていた。

第四章　ポーションの品質向上対策

私は、出来上がったポーションの小瓶と、今までメモを取ってきた反古紙《ほご》をソファのテーブルの上に並べて頭を捻《ひね》っていた。

そして追加検証として、一番よくできた『普通で少し甘い』ポーションを作る工程に、『すぐに濾過《ろか》しないで、葉を少し漬け込んでおく』とか、『漬け込んでおく時に棒で攪拌《かくはん》する』などの手間を加えてみたけれど、『普通』の品質がそれ以上に上がることはなかった。

そんなメモ書きがバラバラと散らばった状態なのを、そばを通りかかったお母様が目にとめた。

「あら、こんなに試行錯誤して作っているのね。感心だわ。でも、このまま書き溜めていくと、調べた成果がバラバラになってしまうわね。ノートが必要かしら」

そう言って、家の中を探してきて未使用のノートを数冊くださった。

……嬉しい！　だって、私にやっと専用の研究ノートができたんだもの！

そして話は戻って、ポーションの品質向上について。色々あとから手を加えても品質が変わらないということは、問題は最初にあるんじゃないかしら？　そう、材料が『萎《しお》れた』葉っぱだったからら。

……そう、初めに気になっていたところよ。

厨房へ行って、ボブに質問してみた。

「ねえボブ、萎れた葉っぱを材料にして美味《おい》しい料理はできるかしら？」

「うーん、それは無理じゃないですかね。私は朝早くに市へ行って採れたての野菜を買ってきますよ。一番いいのは自分の畑で栽培した採りたてでしょうがねえ……」

お屋敷に畑も作れませんしね、と笑って答えてくれた。

「畑、かぁ」

私は『錬金術入門』を読みに自室に戻った。確か、良い土作りの項目があったはず。うーん、うーん。私はパラパラとページをめくる。

あったわ、『豊かな土』。

……なになに、『肥やし』『栄養剤』『土』を魔力で温めながらかき混ぜる（これを錬金発酵という）と、植物の育成に有効な『豊かな土』が作れる。

『肥やし』は、馬糞《ばふん》や人糞《じんぷん》など（ええっ！）。

『栄養剤』は錬金術で作製する。

『土』は、森などにあるふんわりとした『腐葉土』が望ましい。

『栄養剤』のページはっと……。

『栄養剤』は、植物の葉と水と魔力草を混ぜて作る。

……栄養剤だけ随分書きぶりが適当じゃない？

でも、品質を良くするにはやっぱり、この『豊かな土』で栄養豊かにした畑は必要な気がするわ。

だから、ここまで調べた手順をお母様に説明して、ゆくゆくは自分の薬草畑を持ちたいと交渉してみた。

その結果、実際に畑が必要になるまでに時間がかかるので、その間に場所についてはお父様と相談してくれることになった。あとは、庭師のダンにも畑作りの段階になったら手ほどきをしてくれるよう、依頼しておいてくれるらしい。

「……それにしても……肥やしを温かくして混ぜるの？　臭いそうね」

お母様は、その臭いを想像してしまったようで、ハンカチで鼻を覆って行ってしまった。

……私だってそれは思ったわよ。錬金術って臭いものもあるのかぁ……。

◆

『栄養剤は、植物の葉と水と魔力草を混ぜて作る』

『錬金術入門』に書いてあったレシピ。本当、適当すぎるったらない。そもそも、なんの葉っぱかも書いていないなんて！

そう一人でぷんすかしながらも、『植物の葉』は『栄養のある葉』のことを指しているのかもしれないと考えた。だって、『栄養剤』だもの。

私は、屋敷の裏にある小さな森で、色々探してみることにした。手には採取用のカゴを持っていく。
植物を探していたら、【鑑定】の項目が増えていることに気がついた。詳細の内容も少し詳しくなっている。沢山鑑定してレベルが上がったからかな?
それにしても、ここはイキイキした良質の草が多いのね。やっぱり森の土は栄養に富んでいるのかしら。

【プレーン草】
分類：植物類　　品質：良質
詳細：普通の草。あまり栄養はない。イキイキしている。

【ねじねじ草】
分類：植物類　　品質：良質
詳細：普通の草花。あまり栄養はない。イキイキしている。

【鈴草】
分類：植物類　　品質：良質
詳細：普通の草花。あまり栄養はない。根に毒がある。イキイキしている。

【ロアエ】
分類：植物類　　品質：良質
詳細：薬草としても使える。栄養はない。イキイキしている。
【グリーンリーフ】
分類：植物類　　品質：良質
詳細：栄養があり、動物が好んで食べる。イキイキしている。
【百日草】
分類：植物類　　品質：良質
詳細：栄養があり、花は長く持つ。イキイキしている。
【魔力草】
分類：植物類　　品質：良質
詳細：魔力があり、薬剤のもとに使われる。イキイキしている。
【癒《いや》し草】
分類：植物類　　品質：良質

詳細：栄養があり、薬効成分に富む。イキイキしている。

あれ、癒し草と魔力草が自生していた。しかも店のものより品質がいいわ。これは材料として採取しよう。あとは、ここに生えているのだと、グリーンリーフと百日草かなあ。

私はこの四種類の植物の葉っぱを持って帰ることにした。

いつものように、ケイトを伴って実験室に入る。

うーん、栄養剤のレシピは素材の分量の割合も書いてないなあ。仕方ないので、ポーションと同じ分量で行くことにしましょうか。

まずはグリーンリーフかな。グリーンリーフと魔力草をみじん切りにして、蒸留水に入れる。そして、魔道具の加熱器の上にビーカーを載せて加熱し始めた。

【栄養剤】
分類：薬品　　品質：普通（マイナス2）
詳細：有効成分は薄め。

もう少し経つと、気泡が大きくなってきた。

【栄養剤】
分類：薬品　　品質：普通（マイナス1）
詳細：有効成分はやや薄め。

……ここまではいつものとおりね。
さらに経つと、気泡がポコポコし始めた。

【栄養剤】
分類：薬品　　品質：普通（マイナス0・5）
詳細：素材の有効成分は十分抽出されているが、少し不足する成分がある。

そして沸騰し始める。

【栄養剤】
分類：薬品　　品質：低品質（プラス1）
詳細：有効成分が一部失われている。

あれ。沸騰したら成分が減っちゃった。だったら次からは沸騰以降は要らないかな。

じゃあ次は、グリーンリーフに百日草を混ぜてみましょうか。

グリーンリーフと百日草、魔力草を下処理してからみじん切りにして、蒸留水に入れる。そして、魔道具の加熱器の上にビーカーを載せて加熱し始めた。しばらく経つと、気泡がポコポコし始めた。

【栄養剤】
分類：薬品　　品質：普通？（あともうちょっと！）
詳細：素材の有効成分は十分抽出されているが、不足する成分がある。

……あれ、不足する成分ってなんだろう。まだこの植物だけじゃ足らないってこと？

私は、沸騰し始める前に加熱魔道具を止めた。

うーん。ビーカーを前に机の上に顎を乗せてビーカー内を覗き込むがわからない。ひとまず新しいビーカーを二個出してきて、できた液体を三等分にした。

①一つはそのまま。
②ただぐるぐるとかき回してみる。
③魔力を込めてかき回してみる（錬金発酵？）。

②は試したけれど変わらなかった。

【栄養剤】
分類：薬品　　品質：普通？　（あともうちょっと！）
詳細：素材の有効成分は十分抽出されているが、不足する成分がある。

「きゃあっ！」

③をやろうとしたら、魔力が多すぎたらしく激しく光って爆発した。そのせいでビーカーが割れてしまい、私は手に怪我《けが》をしてしまった。でも、前に作ったポーションがあるからこれくらい大丈夫！　私は手持ちのポーションですぐにガラス傷を治した。なのに、ケイトには叱られてしまった。
ケイトは手際よく割れたガラスを片付けてくれる。
片付けをするケイトを横目に、できたものを確認すると、『産業廃棄物』に変わっていた……。

【産業廃棄物】
分類：ゴミ　　品質：役立たず
詳細：捨てるしかない。とにかく不用品。

……うわ、なにこれひどい！
③をもう一度試してみよう。残しておいた①を使って、爆発しないように、込める魔力を抑えて

丁寧にかき回した。ガラスを片付けているケイトが気づかないうちにササッと隠れてやろうっと。

……すると、液体がキラキラ光って、栄養剤の成分が変質した！

【栄養剤】
分類：薬品　　品質：良質
詳細：有効成分が揃《そろ》っている。

……成功だわ！

「ケイト！　できたわ！」

「えっ！」

ケイトが割れたガラスをまとめて部屋の外に出してから、ビーカーを覗き込む。

「一時はどうなるかと思いましたが……良かったですね」

でも、にっこり笑って、言われてしまった。

「爆発のことは旦那様と奥様にご報告しておきますね」

私がその晩、注意してやるようにと両親に叱られたことは言うまでもない。

ちなみに、余った良質の癒し草と魔力草を使ってポーションを作ったら、私の予想どおり良質なポーションもできた！　やっぱり素材の品質も大切だったのね。今日は大成功ばかりだわ！

【ポーション】
分類：薬品　品質：良質
詳細：有効成分は十分。若干甘味《あまみ》を感じる。少し容態の重い人まで回復できる。

◆

栄養剤はできたわ。大きめの瓶に一本分ある。そうすると、あとは、肥やし（うぇえ……）と、腐葉土を混ぜ混ぜする段階なのである。はぁ、仕方ない、やりましょうか。

私は庭師のダンのところへ行く。

「こんにちは、ダン」

にっこり笑って挨拶する。

「はい、こんにちは。今日は何か御用で？」

頭に被っていた麦わら帽子を一度脱いで挨拶してくれる。

「畑のための良い土を作りたいんだけれど、肥やしと、腐葉土が必要なの。これってすぐ手に入るのかしら？」

私は相変わらず、『肥やし』のところで顔を顰めてしまう。

「ああ、そういえば奥様に、お嬢様の畑作りを手伝うように言われていましたね。その二つは簡単に手に入りますよ。取りに行きましょうか」

そう言って、ダンは庭道具の中から空いた木のバケツを二つと、シャベルを手に取る。

「じゃあ、まず腐葉土を取りに行きましょう」

私達は、家の裏の森に行くことにした。

森の中は、普段踏みしめている土と違って、足元が柔らかいわ……。

「こういうのを腐葉土っていうんですよ」

そう言って、「ほら、ふんわりしている」とダンは土を何度か踏む。私も真似《まね》て、その柔らかい感触を確かめる。

……うわぁ、ふかふかだぁ。

「腐葉土とは、秋や冬に枯れて落ちた樹木の葉っぱや枝が長い年月をかけて、土状になったものをいうんです」

そう言って、ダンはしゃがみ込み、足元の葉っぱや小枝を退《ど》かしたあとの、黒く柔らかい土を手に取って見せてくれる。

そこに、ピンク色のうねうね動く細長い虫がいて、私は、「きゃっ！」と声を上げて尻もちをついてしまった。その様子に、ダンは、カッカと笑ってその虫を摘んで遠くへ放ってくれた。

「お嬢様には気持ち悪く見えるかもしれませんが、こいつらが、良い土を作ってくれるんですよ」

私は、おしりと手を叩《たた》きながら、うん、と頷いた。

「じゃあ、このふんわりした土をバケツに入れて帰りましょう」

【腐葉土】
分類：土　　品質：良質
詳細：栄養に富んだ良い土。色んな生き物のおかげでイキイキしている。

うん、これなら大丈夫そうね！
五歳の女の子には重いだろうということで、作業や搬送はダンがやってくれた。
次に肥やし……。そう、馬糞よ。
厩《うまや》へ行くと二頭の馬がいて、したばかりの馬糞が何箇所かにこんもりしていた。臭いのを我慢して馬糞を見比べてみると、ちょっと様子が違うことに気がついた。違う品質のものがあるのだ。

【肥やし】
分類：肥料　　品質：良質
詳細：健康な馬のフン。新鮮。

【肥やし】
分類：肥料　　品質：低品質
詳細：腹を壊した馬のフン。

【馬】
分類：動物　品質：良質
詳細：健康な馬。

【馬】
分類：動物　品質：低品質
詳細：腹を壊している。元気がない。

「ねえ、ダン。この子お腹《なか》壊してなぁい？」

馬糞を掬おうとしていたダンが手を止めて、その馬のもとへやってくる。

「私は馬に関しては素人ですが……確かに元気がないし、落ち着きもないですね。馬丁へ声をかけてきますね」

……具合が悪いんだったら、馬もポーションで治りそうよね？

私は実験室に寄って、保管してある『ポーション（普通）』をポケットに一瓶しまった。そして、ちょうどテラスにいたお母様に声をかける。

「お母様、馬が一頭お腹壊しているみたいなの。ポーションあげてもいいかしら？」

あらら、とお母様は頬《ほお》に手を添える。

「そうね、馬丁に聞いてからにしてちょうだい。それから苦いのはダメよ。多分飲まないわ」

「はい！」

私は、お母様の言葉に頷《うなず》くと、そのまま厩にかけていった。

私が厩へ到着すると、ダンと馬丁のアランがいた。

「お嬢様が気づいてくださったんですって？　馬の世話を任されていながら、気づくのが遅れてすみません」

お腹の痛い馬の腹をさすってやりながら、アランが私に頭を下げた。

「ううん、いいの。ところで、馬にもポーションって効くのかしら？」

そう言って私はポケットからポーションを取り出してみせる。

「効くには効きますが、腹痛の馬にポーションなんて贅沢《ぜいたく》じゃないですか？」

アランが思案げに首を傾《かし》げて、私の顔と馬を見比べる。

そうは言っても、普段から面倒を見ている馬が苦しいのなら、治してあげたいわよね。

「お母様には、許可を貰《もら》っているわ。これを使ってみてちょうだい」

そう言って、ポーション瓶をアランに手渡す。

「ありがとうございます！　早速飲ませてみます！」

そう言ってアランは、器にポーションを注いで、具合の悪い馬へ与えてみた。すると、本能でわかるのか、馬は少し匂いを嗅いで確認すると素直にポーションを飲み干した。しばらくすると、耳をプルプル振り、その耳がピンと立ち、機嫌良さそうにアランに顔を擦り付け始めた。

「おや、効いたのかな。機嫌が良さそうだ！」

アランがにこにこして馬を撫で返してやっている。

【馬】
分類：動物　　品質：良質
詳細：健康な馬。腹痛が治ってとても機嫌がいい。

うん、治ったみたい。良かったわ！

私とダンは、最初から元気な馬がした馬糞だけを貰って、実験室前まで移動した。

……さすがにこの材料は実験室に入れないことにした。

さて、材料は揃って、実験の時間。今日の実験は実験室の外でやるわ。だって臭うもの。

そしていつもどおりケイトがいる。……いるのだが。

「それはさすがに爆発させないでくださいね！」

やっぱり警戒して距離を取っていたらしい。

「私だって馬糞浴びるのは嫌よ！」

失礼な！　と思いながら、私は空の大きな木桶《きおけ》の前に立った。木桶の中に腐葉土を入れ、それに馬糞を足す。そして栄養剤を一瓶満遍なく振りかけた。

……良い土になりますように、優しく、丁寧に……、だから爆発はしないでねっ！

私は身の丈くらいある木の棒で、魔力を込めて一回しする。

【豊かな土？】
分類：土　　品質：低品質
詳細：発酵が足りない。ほとんど材料を混ぜただけの代物。

二回三回と混ぜても、結果は似たようなものだった。
……臭っさ〜い！　土が重たい！　でも、畑を作るためよ、頑張るわ！
ぐる、ぐる、と五歳の体に鞭《むち》打って十回回した時だった。木桶の中がキラキラ光る。

【豊かな土】
分類：土　　品質：良質
詳細：これを畑に混ぜれば、良い作物が育つだろう。

やった！　完成したわ！
その後、お母様にポーションで馬の体調が治ったことを伝えると、「じゃあポーション代ね」と言って銅貨十枚をまた頂いた。
なんだか私、家の役に立っているようで嬉しい！

◆

「できたわ！　これを混ぜればいい畑ができるわ！」

私は喜んで、ダンに報告しに行った。

「じゃあ、畑作りですかな」

そう言うと、鍬《くわ》とスコップを持ってダンは畑予定地の私の実験室横まで来た。

「まずは、こうやってざっくりとスコップで土を掘り起こします」

畑予定地を、一列程度掘り起こす。

「私も将来アトリエを開く時のためにやり方を覚えておきたいわ」

「おや、お嬢様はもう将来の夢がおありなんですか？」

そう尋ねながら、ダンから私にスコップが手渡される。

「うん。いつか、立派な錬金術師になって、王都にアトリエを開きたいの！」

それを聞いて、ダンは微笑ましそうに目を細める。

「じゃあ、頑張らないといけませんね」

「そうなのよ！　よい、しょっと」

なかなか硬い。五歳児にはかなりの労働だ。でも、自分でやらなきゃやり方覚えないわよね。そう思って、なんとか一列やりきった。

「よく頑張りましたね、あとは私がやっておきますね」

そう言って、ダンは手馴《てな》れた様子で土を掘り起こしていった。

「次に、掘り起こした土を鍬で細かくほぐしていきますよ」

そう言って、またダンが一列お手本を見せてくれる。

「さあ、やってみて」

うん、と頷いて、重たい鍬を持ち、私はコツコツと土を細かくしていく。一列終わったところで交代して、残りをダンがほぐしていってくれた。そして、少し残った、まだほぐし足りないところを、二人の手でほぐしていく。

「ダン、これを土に混ぜて、栄養のもとにしたいの！」

そう言って私は、出来上がったばかりの『豊かな土』が入った木桶を披露する。

「ほほう、それがお嬢様の作られた肥料ですな」

ダンは興味深そうに木桶の中身を覗《のぞ》いていた。

そして、よいしょ、と掛け声をかけて木桶を持ち上げると、今細かくした土の上にざっくりと満遍なく振りまいた。

「さて、混ぜますよ」

満遍なくね、と言って土と『豊かな土』を混ぜてくれた。そして、周囲に畝《うね》を作って整形して……という部分はダンがやってくれた。

そうして、私の実験室の横に、大人一人分ぐらいの大きさの畑ができたのだった！

「草ってどうやって増やしたらいいのかしら？　私はここを薬草畑にしたいのだけれど……」

首を傾げてダンに問う。

「うーん、小麦の種なんかだと取り扱っているところはあるでしょうが、草じゃあねえ」

そう、ポーションの材料になるような草は、自生しているものを自分で採取するか、危険な地域であれば冒険者ギルドに採取依頼を出して手に入れるのが普通。

ちなみに私が最初に手に入れた癒《いや》し草の葉っぱは、『薬草屋』がそうやって手に入れて販売しているものだ。草の種ともなると、なんでも売っているというものではない。

「ちなみにお嬢様はなんの種が欲しいんで？」

「癒し草と魔力草は、裏の森にあったから良いんだけど、新しいポーションを作るのに、『薬草』と『魔導師のハーブ』が欲しいの」

「それでしたら、王都の北の小川沿いに生えているはずですね。私で良ければ付き添いますが、ご両親の許可はいるでしょうな」

そっちはお父様とお母様に相談かなあ……。

「じゃあ、まずは癒し草と魔力草を取りに行きましょうか」

……ん？　裏の森なら自分一人で行けるわよ？

「根っこごと引っこ抜いて持って帰ってきて植えればいいんじゃないの？」

そう言うと、ダンはやっぱりといった様子で笑ってダメダメジェスチャーをする。

「草花の植え替えは、優しくやってやらんと根っこが切れて枯れてしまいます。一緒に行ってやり方を教えましょう」

私はその日のうちに、ダンと一緒に株を採取に行き、癒し草と魔力草を二株ずつ畑に植えた。

その日の夕方、お父様がお仕事から帰ってきたあと、畑が出来上がったことを報告した。

そして、今後品質の良いマナポーションを作るために『魔導師のハーブ』、ハイポーションを作るために『薬草』の株が欲しいと相談した。

「品質の良いマナポーションなんて、手に入るならうちの師団で買いたいぐらいだ」

魔導師団の副魔導師長のお父様が食いついた。

「そうなんです。良いマナポーションがあれば、お父様のお役に立てるんじゃないかと思って……。でも、それの株は王都の北の小川沿いを探さないといけないそうなんです。ダンと一緒に行ってきても良いですか？」

お父様とお母様は顔を見合わせる。

「あそこなら、出てもモンスターはスライムくらいだろう。行っていいよ。ただし、念《ねん》のためにポーションも持っていくようにね」

私は、うん、と頷く。

「あと、マナポーションを作るのに魔石がいるのですが、一個頂けませんか？」

魔石っていうのは、魔物が体内に持っている石で、その名のとおり魔力を含んだ石のことをいう。

「一つだけでいいのかい？」

マナポーション制作には興味があるらしく、確認を取ってくる。

「『錬金術入門』によれば、魔石は一回の作製で一個消費するのではなく、ポーションへの変化を促すために必要で、溶けてなくなったりはしないので使い回しが可能なのだそうです。だから魔石は一個でいいですが、なるべく品質が良いものが欲しいです」

「我が子ながら、その理解力と、論理的な説明の仕方に、五歳の言うこととは思えなくなってくるな。やっぱりデイジーは天才肌なのかもね」

そう言ってお母様に笑いかけてから、お父様は倉庫へ魔石を取りに行くため中座した。

私は、お父様が持ってきてくださった魔石の中から、鑑定で一番品質が良いものを一つ頂いた。

第五章　初めての素材採取

今日は、ダンと一緒に王都の北の小川へ行くのだ。

私はお母様から与えられたリュックサックにポーションやハンカチを入れて、そして、手には持ち手の小さなスコップを入れたカゴを持っていった。

……うーん、採取用のスタイルを考えた方がいいかもしれないわ。かさばるもの。

そんなことを考えながら、二人で並んで歩いていく。

門番とのやり取りは、私にまだ身分証がないので、お父様に一筆書いてもらった手紙を見せたら、すんなり通してもらえた。

王都の城下町を出て、門をくぐると、そこには一面の青々とした平原が広がっていた。そして、平原の上には雲一つない初夏の明るい空が広がっている。

「すっごぉい！」

私は両手を大きく広げて深く深呼吸をする。空気も街中とは違って、澄んでいる気がする。

「お嬢様、小川はこっちですよ」

ダンが私の手を取って歩いていく。私が、森とは違う植物が沢山あることに目を奪われてフラフラしてしまうからだ。

そんな時、ちょっと気になる植物を見つけた。

【万年草】
　分類：植物類　　品質：良質
　詳細：特に栄養に優れている。葉にも根にも栄養分を含む。イキイキしている。

……これ、もしかしてすごく良くないかなあ。根っこを材料にしたことはないけれど、栄養剤の品質を上げられるかも……。

「ねえ、ダン」

　私を引いて歩くダンの手をぎゅっと引っ張った。

「なんでしょう？」

　ダンが足を止める。

「これも持って帰りたいわ。とっても栄養があるらしいの。そうね、畑に植える用と、実験用に三株。三株全部根っこまで欲しいの」

「じゃあ掘り起こしましょうね」

　やり方を見ていてくださいね、と言って、ダンは土を少しずつ探って根っこをなるべく切らないように掘り出す。

「これはなかなか根まで立派ですな。じゃあ、お嬢様も一株掘り起こしてみましょう」

　そう言われて、私も少しずつ土を掘り出す。隣でもう一株掘り出しているダンの様子を見ながら掘り出したら、一応合格点を貰うことができた。その三株を私のカゴに入れて、再び小川へ向かうことにした。

小川に着いた。サラサラと流れる小川は水も透明で、太陽の光を反射してキラキラ輝いている。

「じゃあ、探しましょうか」

ダンに促されて、お目当ての草を探そうと思った時のことだ。

「あっ！　お嬢様、危ない！」

そう言って、ダンが私を背に庇《かば》う。

「運悪く、キラーラビットがいました！」

それは、胴体が私の体ぐらいあって、結構大きな魔獣だった。

【キラーラビット】
分類：魔獣　　品質：良質
詳細：強い前歯を持つ。後ろ足の蹴りが強烈。

ダンはナイフで応戦しているが、苦戦しているみたい。

しかも、ダンは前歯で少し噛《か》み付かれてしまったようで、腕から血を流している。

このままじゃダンが……！

……どうしよう！　私は攻撃手段なんかないし……。そうだ、魔法！　魔法ならできるかも！

お兄様達と一緒に練習したじゃない。あの時はできなかったけれど、お兄様達のようにやればきっとできるわ！　私だってプレスラリア家の子なんだから！

「風の刃《エアカッター》！　風の刃《エアカッター》！　ダンを助けたいの！　お願いだから発動して！　風の刃《エアカッター》！」

その時のお兄様のイメージを必死に思い出して叫んでみると、最後の一発が発動し、なんと真空の刃がキラーラビットに向かって飛んでいった！

「ダン、避《よ》けて！」

ダンは背後からの私の声に気づき、体を横にずらす。そして私の放った魔法が、ちょうど運良くキラーラビットの両足の腱《けん》を切り裂いた。

「……これは！　お嬢様、ありがとうございます！」

嬉しそうに叫ぶと、ダンは動けなくなったキラーラビットの首根っこを押さえ、頸動脈《けいどうみゃく》を切った。

「お嬢様のおかげで倒せましたよ。お嬢様がご無事でホッとしました」

ダンはキラーラビットの足を縄でぐるぐる縛ると、逆さにして血抜きをする。

私は、リュックの中から、ポーションを一瓶取り出して、ダンに渡す。

「腕に怪我《けが》をしているわ、使ってちょうだい」

「これはわざわざ。ありがとうございます」

そう言って、ダンはパシャッと腕の怪我にポーションをかけた。

「お嬢様のポーションは本当によく効きますなあ。そして魔法で私を助けてくださった。まだ五歳でらっしゃるのに、どちら共素晴らしい才能ですな」

ダンはすっかり綺麗《きれい》になった腕を撫でながら嬉しそう。
そして私達は、落ち着いてから、草の捜索を始めることにした。

【薬草】
分類：植物類　　品質：良質
詳細：そのまますり潰すだけでも怪我や病を治す効力がある。イキイキしている。

【魔術師のハーブ】
分類：植物類　　品質：良質
詳細：空気中の魔素《マナ》を吸収し、葉に蓄える。イキイキしている。

目当てのものを見つけ、私達はそれを掘り起こして、目的を達し、城下町へ帰ることにした。

【デイジー・フォン・プレスラリア】
子爵家次女
体力：20／20　　魔力：175／180
職業：錬金術師　　スキル：錬金術（3／10）、鑑定（4／10）、風魔法（1／10）
賞罰：なし

私は、初めて風魔法を成功させたことで、スキルに風魔法が増えていた。

「夢中だったとはいえ、できちゃったわ。錬金術師でも、魔法が使えることがあるのね……。でも、だったら魔法の練習もしたほうがいいかしら？」

私は、初めて魔法が発動したその手をまじまじと見つめた。私にも身を守るすべが欲しいわ。


その日の夕食には、私とダンで倒したキラーラビットがメインとして食卓に上がった。

育ち盛りのお兄様は大喜びだ。

「今日はお肉もこんなに大きくて、豪華だね！」

キラーラビットは、脂は少ないけれど、肉の柔らかさと甘味もあって美味《おい》しいのだ。

「今日、デイジーがダンと薬草を取りに行ったんですけど、偶然キラーラビットと出くわしてしまって。でも、デイジーの風魔法で動けなくなったところを、ダンがしとめてくれたんですって」

お母様が、ダンから受けた報告を家族に伝える。お姉様も立派なお肉でご機嫌みたいで「五歳で魔獣を狩れるなんてすごいわ！」と手放しで褒めてくれている。

「あれ、デイジーは魔法の練習をしていたっけ？」

お兄様とお姉様に褒められる中、お父様が首を傾げる。

「お兄様の練習の横で、真似《まね》をして練習はしていました。実際にできたのは今日が初めてです。ダンがとても危ない状態だったので、必死でお兄様が発動させていた魔法をイメージしたら、何度目かでやっと私にもできたんです」

私はお父様の問いに答える。そして、思っていたことを口にした。

「お父様、お母様。私もお兄様やお姉様のように魔法の訓練をしたいのですが、ダメでしょうか？」

両親は顔を見合わす。

「私が今後錬金術師としてやっていくには、この先、素材を取りに外に出ざるを得なくなることもあると思います。魔導師にならないとしても、魔法の才能が少しでもあるのだとしたら、私も身を守るすべが欲しいんです」

お父様は腕を組んでしばらく考えていた。

「デイジーが言うことはもっともだ。それに、才能があるのに放っておくのは惜しいだろう」

その言葉で、私は魔法の練習を受けることを許可されたのだった。

「職業が違っても魔法はちゃんと使えるなんてすごいわ。さすが私達の妹ね！」

家族みんながお姉様のその言葉に頷《うなず》いている。なんだか、とてもこそばゆく嬉しかった。職業は違っても家族みんなと同じように魔法が使える。とても嬉しいわ！

第六章　初めての魔法の練習

私の日課に、朝夕の畑の水やりと、魔法の訓練が加わった。

今、畑に植わっているのは、癒《いや》し草、魔力草、万年草、薬草、魔導師のハーブの五つ。植え替えてから一週間、これらの葉はよく茂り、葉を摘んで使いつつ、種を取り、品質を上げていく予定だ。

『栄養いっぱいに育った草→良い種が取れる→良い種を植える→栄養いっぱいに育てる→もっと品質の良い草→以下繰り返し』

こうならないかなと思っているんだけど、どうかしら？

今よりも品質のいいものができたら、もっとみんなの役に立てるような気がするのよね！


朝の水やりを終えて、朝ごはんをみんなで食べたら、そのあと午前中に魔法の訓練をする。うちの庭には、子供が魔法を練習するための、魔法を当てる的を置いた練習場があるので、そこで魔法の練習をするのだ。

先生は魔導師のユリア先生。ユリア先生は、結婚で引退した元宮廷魔導師で、子供の手が離れた頃に、同僚だったお父様から家庭教師の依頼を受けたんだとか。

「デイジーです。今日から、よろしくお願いします」

ペコリと頭を下げて挨拶をする。

「お久しぶりですね。改めましてユリアと申します。今日から正式に一緒に頑張っていきましょうね」

そう言って私の頭を撫《な》でてくれた。淡い水色の髪と瞳で、優しそうな先生だ。

「レームスとダリアは、今日は昨日の復習をしていてね」

そう言って、的に向かって立っているお兄様とお姉様に声をかけた。

「「はーい！」」

お兄様とお姉様が的に向けて魔法を撃ち始めた。そして再び先生は私の方に向き直る。

「デイジーは、体の中に魔力を感じたことがあるかしら？」

この辺りね、と言って、私のおへソの下の辺りに触れる。そこは、錬金術で魔力を込めてかき混ぜたりする時に、温かく感じる場所よね？　なので、そのとおり先生に答える。

「あら、五歳でもう錬金術をやっているの？」

驚いたように先生が目を見張る。

「だって、私は洗礼の時に『錬金術師』って言われました。だから錬金術の勉強を始めたんです。『魔導師』だったからと、魔法の練習をしているお兄様、お姉様と何も変わらないわ」

先生はにっこり笑って、うんうん、と頷いてくれる。

「ヘンリー様は本当にお子様の教育に熱心なのね。魔法の練習をすることは、あなたにとっては魔法が使えること以上に、あなたのためになると思うわ。魔力を上手にコントロールする術を身につければ、錬金術にもきっと役に立つはずだから」

魔法の勉強が錬金術にも役に立つなんて驚きだわ！　頑張らなくちゃ！

「はい！　頑張ります！」

そうして、その日は魔法を撃つのではなくて、基本だという魔力操作を練習することになった。

人間の体の中に心臓と血管があるように、魔力も、おヘソの下に心臓に当たる部分があって、身体中《からだじゅう》に巡るように魔力を流すための管があるのだという。ただし、普通魔力は血と違って勝手に流れたりはしない。意識して動かすことによって、魔力は体の中を巡るのだそうだ。

「じゃあ、おヘソの下からスタートして、ぐるっと温かい感じを回してみましょう」

うーん、これがなかなか動かない。

……全然わからないわ。

「先生、動きません」

どうやってもわからず、私は先生にそのことを告げる。

「じゃあ、錬金術で魔力を込めた時とか、この間風の刃《エアカッター》を使った時の感じを思い出してみて？」

先生が、またおヘソの下に手を触れる。

「ここから手に向かって、温かいものが流れなかったかしら？　よーく思い出して」

そう言われて私は目を閉じて、その時のことを思い出してみたり、再現するようなイメージを浮かべたりした。すると、すうっと私の利き手の方に温かいものが流れる感覚がした。私は先生にそのことを告げた。

「そう！　それが魔力操作よ！」

よくできました、と言って私の頭を撫でてくれる。嬉《うれ》しくなって私はくしゃりと笑った。

私は一生懸命ぐるりと体の中のどこに通せるのか探りながら、魔力を回してみた。ちなみに、魔力操作をするだけでも魔力は使うようで、私の中の魔力はだんだん減ってくる。

鑑定で見た時の、『魔力』という項目だ。

【デイジー・フォン・プレスラリア】
子爵家次女
体力：20／20　魔力：160／180
職業：錬金術師　スキル：錬金術（3／10）、鑑定（4／10）、風魔法（1／10）
賞罰：なし

今見たら、160まで減ってきていた。そしてそのうちだんだん減って、0に近づいてきて……。

私は、そこでぱったりと気を失った。

私はお昼すぎに目が覚めた。

「あら、目が覚めた？　魔力を使い切ってしまったから、気を失っていたのよ」

お母様が、私の髪を梳《す》きながら、見守っていてくれたみたい。

あれ……？

魔力を使い切って気を失った時は、最大魔力量が１８０だったのに、目が覚めたら１８３に増えていた。

驚いて、そのことをお母様に告げた。

「まあ、それが本当だったらすごいことだわ。お父様が帰ってきたら報告しましょう！」

お母様はとても興奮していた。

夕方に帰ってきたお父様は、「それが本当なら大発見だ！」とその報告に大興奮だ。

「レームスとダリアとデイジーも、今夜寝る前に魔力を使い切って寝ること、いいね！」

その晩、私達兄妹は魔力操作をやり切って眠りについた。

次の日の朝、【鑑定】で見てみると、お兄様は3、お姉様は2、私も2、と魔力量が上がっていた。

お父様は大喜び。

「今からこれを取り入れていけば、子供達の将来の魔力量にかなり期待が持てるぞ！」

そして、私達子供三人は、毎日寝る前に魔力を使い切って寝ることを命じられることになった。

第七章　もっと色々なポーションを作ろう

王都の北の小川に採取しに行ってから、二週間が経《た》った。時々様子を見て栄養剤入りの水を与えてもらっている私の薬草畑は、とっても元気だ。

【万年草】
分類：植物類　　品質：良質（プラス2）
詳細：特に栄養に優れている。葉にも根にも栄養分を含む。イキイキしていて葉も肉厚。

【魔力草】
分類：植物類　　品質：良質（プラス2）
詳細：魔力があり、薬剤のもとに使われる。イキイキしていて葉も肉厚。

栄養剤の素材として目をつけて、予定外に採取してきた万年草もそろそろ使ってみようかな、と思ったので、魔力草は葉だけを数枚ちぎって、万年草は葉っぱも根っこも全部抜き、実験室へ向かった。

うーん。根っこを使うのは初めてね。

いつもの手順で、下処理をした万年草と魔力草をみじん切りにする。そして、根っこはみじん切りだけで、これらを全部蒸留水に入れる。そして、魔道具の加熱器の上にビーカーを載せて加熱し始めた。ビーカーの内側に、小さな気泡が付き始めた。

【栄養剤】
分類：薬品　品質：普通（マイナス2）
詳細：有効成分は薄め。

もう少し経つと、気泡が大きくなってきた。

【栄養剤】
分類：薬品　品質：普通（マイナス1）
詳細：有効成分はやや薄め。

……ここまではだいたいいつもどおりなのよね。安心して見ていられるわ。
さらに経つと、気泡がポコポコし始めた。

【栄養剤】

分類：薬品　　品質：良質（プラス1）
詳細：葉の有効成分は十分抽出されている。根の成分はまだ十分に抽出できていない。

……あれ？　根っこは頑固なのかしら？

うーん、どうしよう。沸騰させる？　でも、沸騰して今まで上手《うま》くいったことないよね……。

ひとまず、魔道具の加熱温度を下げてみて、だいたい沸騰しない温度を維持してみた。

そのまま放置して、私の持っている砂時計で六回ひっくり返して、砂が落ち切った時だった。

【栄養剤】
分類：薬品　　品質：高品質
詳細：葉と根の有効成分は十分抽出されている。とても良いもの。

やった！　初めて栄養剤が高品質で作れたわ！

うーん、でもなんでだろう。品質が良質（プラス2）のものから、それを上回る高品質のものができた。まだ、鑑定で見ることができていない要素があるんだろうか？

要検証か、鑑定のレベルアップ待ちかなあ……。と、ノートにメモしておいた。きっと、もっといっぱい鑑定すれば、いつかまた鑑定のレベルも上がるわ。

そうそう、お父様がマナポーションを期待していたんだっけ。マナポーションのレシピは、魔導師のハーブと水と魔石と魔力草。魔石を触媒として使う、新しい調合方法にチャレンジするのよ！
私は早速畑を見に行った。

【魔術師のハーブ】
分類：植物類　　品質：良質（プラス２）
詳細：空気中の魔素《マナ》を吸収し、葉に蓄える。葉肉も厚く、イキイキしている。

この品質ならいいわね！
私は、魔術師のハーブと魔力草の葉をちぎって、実験室に移動した。

【魔石】
分類：宝石類　　品質：高品質（プラス２）
詳細：魔物の体内から取得した魔力の結晶。小ぶりだが魔力がよく凝縮されている。

えーと、『錬金術入門』を確認してっと……。
『魔導師のハーブと魔石と魔力草を水に入れ、加熱する。魔石の上で抽出された成分がよく変化するように、優しく撹拌《かくはん》をする』
やってみましょう！

下処理をした魔導師のハーブと魔力草をみじん切りにして、これらと魔石を全部蒸留水に入れる。
そして、魔道具の加熱器の上にビーカーを載せて加熱し始めた。ビーカーの内側に、小さな気泡が付き始めた。ここからずっと丁寧にゆっくりかき混ぜていく。

【マナポーション】
分類：薬品　　品質：低品質
詳細：有効成分は薄め。

もう少し経つと、気泡が大きくなってきた。

【マナポーション】
分類：薬品　　品質：普通（マイナス2）
詳細：有効成分はやや薄め。

……いつもこの辺りは似たような感じよね。薬を作るのに良い温度って決まっているのかしら？
さらに経つと、時々ポコポコし始めた。

【マナポーション】

分類：薬品　　品質：普通（マイナス1）
詳細：葉の成分は十分抽出されている。有効成分はまだ薄い。

おそらく沸騰させる必要はないだろうから……と、加熱温度を落として、薬液の温度を落ち着かせる。
そして、鑑定でずっと見ながら撹拌を続けると、どんどん品質が上がってきた！　いい調子！

【マナポーション】
分類：薬品　　品質：高品質
詳細：魔力の回復量に優れている。普通品質のものより1・5倍。

やったぁ！
ひとまずビーカーから濾過《ろか》して、瓶に移す。実験段階だったので、少なめ分量で作ってみたので、これでだいたいポーション瓶五本分だ。
「お父様が欲しいマナポーションの品質が良いものができた！　きっと喜んでくれるわ！」
ついでに、自分の畑から採れた葉を使ってポーションを作ったら、こんな感じになった。

【ポーション】

分類：薬品　　品質：高品質
詳細：普通品質のものより1・5倍の回復量を誇る逸品。優しい甘味《あまみ》を感じる。

良い材料を使えば良いポーションができるという私の仮説はまた実証されたわ！


「通常の1・5倍だって？　素晴らしいじゃないか！」

帰ってきたお父様に報告したら、大絶賛だった。

なんでも、魔導師団と騎士団の皆さんは、国土に現れる魔獣を間引きしたり、魔獣討伐の依頼が各領地から入った場合に、遠征に出たりするのが通常任務なのだそうだ（戦争とかが起きなければね……）。

その討伐の時に苦戦して、魔力が枯渇すると魔法が使えなくなるから、魔導師としては大問題。そこでマナポーションを飲むのだけれど、一回飲むあたりの回復量が違うとなれば、とても差があるらしい。

そりゃあ、苦戦している時に瓶を二本も開けて悠長に飲むより、一本で済んだ方がいいわよね。

「でもデイジー。なんでデイジーにだけそんな良いものを作れてしまうんだい？　国の他の錬金術師でそんなものを作っている人はいないと思ったんだけれど」

お父様が不思議に思ったみたい。

「採取から時間が経って萎《しお》れて品質の良くない素材から美味《おい》しい料理ができないように、萎れた素材からは品質の良いポーションはできないんじゃないかと思ったんです。だったら自分で良い素材を育てようと思いました」

お父様はそこでようやく理解ができたといったように頷いた。

「だから畑が欲しいと言い出したんだね」

「はい。だから私は自分の畑を作って、栄養をいっぱいあげて素材達を育てました。その栄養いっぱいに育った、採取したての素材をもとにして調合をしたら、私の仮説どおり、高品質なポーションができたんです」

私が答えると、お父様は狐《きつね》につままれたような顔をする。

「私の仮説、か。やはり五歳とは思えない頭の良さだ。まさか遅れている我が国の錬金術の技術を向上させるべく、神に選ばれた子なのか？　いや、それはさすがに親馬鹿が過ぎるか……」

コホン、と気を取り直すように咳《せき》を一つした後、お父様が再度尋ねてくる。

「デイジー、これは定期的に作れるのか？」

「私の畑の葉を摘んで作るので、週に一回ペースくらいであればお渡しできますよ」

その回答に、お父様は満足そうに頷いた。お父様は、「明日これを国で買い上げられるように交渉する！」と意気込んでいる。

そんなお父様に、今がチャンス！　と私も交渉を持ちかけてみた。

「……定期的に素材を得られるように、畑を拡張させていただきたいのですが……」

今日のお父様は甘かった。あっさり拡張の許可が出たのである。

やったわ！

◆

ところで、先日ダンと一緒に採取に行ってから、まだ作りそびれているものがある。それはハイポーション。ハイポーションは、薬草と栄養剤と魔力草から作る。作り方は、ポーションとさほど変わらない。

だけど、違いはその効力。ポーションは切り傷を治せたりする程度だけれど、ハイポーションなら、切断したばかりの腕や足だったらくっつけて直せてしまうくらいすごい薬だ。

……そんなにすごい薬が、本当にポーションと同じようにできるのかしら？

と、ちょっと心配になったけれど、私は、高品質になった薬草と魔力草をちぎって、実験室に行くことにした。

ちなみに、材料の一つである栄養剤は常に在庫があるようにしている。必要があれば、畑への水《みず》撒《ま》きの時に水に混ぜて一緒に撒けるからだ。

実験室に着いた私は、下処理をした薬草と魔力草をみじん切りにして、これらを全部栄養剤に入れる。

そして、魔道具の加熱器の上にビーカーを載せて加熱し始めた。ビーカーの内側に小さな気泡が付き始めた。

【ハイポーション？】
分類：薬品　品質：低品質
詳細：有効成分はほとんど抽出されていない。
もう少し経つと、気泡が大きくなってきた。
【ハイポーション】
分類：薬品　品質：低品質（プラス2）
詳細：有効成分は薄い。
さらに経つと、時々ポコポコし始めた。
……いつものとおりさらに加熱して。
【ハイポーション】
分類：薬品　品質：普通（マイナス2）
詳細：葉の有効成分の抽出が不十分。

そして沸騰前に魔道具の出力を下げてっと……。

砂時計を使ってみる。すると砂時計六回分。教会の時を知らせる鐘一回分よ。ちょっと長くない？

【ハイポーション】
分類：薬品　品質：普通（マイナス1）
詳細：葉の有効成分の抽出はまだ可能。

……さすがに長い。早く抽出する方法ってないのかしら。これじゃあ、一晩中見てなきゃならないかもしれないわ。私は五歳の子供だし、きっと徹夜なんかしたら叱られちゃう！

何かいい方法がないかしら。そう思って『錬金術入門』を調べてみた。

なになに……。

『魔力を注ぐことで抽出速度をコントロールできる』

……また大雑把《おおざっぱ》な……。

私は、処理中の薬液をよく撹拌して均質にしてから、三つのビーカーに分けた。

……控えているケイトが後ずさった気配がした。うん、また試行錯誤して爆発しないかを警戒したんだろう。失敬な！（ぷんすか！）

まずは一個目。残りの二個は厚手の布地に巻いて保温した。

そして、魔力操作の要領で、私の両手に魔力が集まるように意識する。

『うーん、じわじわーじわじわー。滲《にじ》み出《で》ーる』とおまじないのように念じてみる。

……うん、変わらないね。しかもなんだか子供のおまじないみたいで恥ずかしいわ。って、私は子供なんだけどね！

【ハイポーション】
分類：薬品　品質：普通（マイナス１）
詳細：葉の有効成分の抽出はまだ可能。

謎のおまじないを念じるだけでは、品質は全く変わらなかった。

うーん、と机の上に顎を乗せ、どうしようかなあと考える。

そういえば、魔法教師のユリア先生が言っていたなあ。

『魔法とは、イメージしたものを魔力によって現実化することです。ですから、それが起こる過程や理論、より詳細な結果のイメージをすることで、起きる現象は変わるんですよ』

もしかして、魔導師の魔法と錬金術師の魔法も、その辺りって同じだったりしないかしら？

……具体的なイメージ……。

私は気を取り直して、ビーカーに両手を添えて魔力を注ぐ。

……葉っぱに含まれるエキスが、どんどん栄養剤の中に溶け出していく……。

【ハイポーション】
分類：薬品　　品質：普通
詳細：葉の有効成分の抽出はまだ可能。

あれ？　マイナスが一個取れたわよね……？

【ハイポーション】
分類：薬品　　品質：普通（プラス1）
詳細：葉の有効成分の抽出はまだ可能。だが一般的なものより品質はいい。

うん、やっぱりどんどん品質が上がっているわ！

【ハイポーション】
分類：薬品　　品質：普通（プラス2）
詳細：葉の有効成分の抽出はまだ可能。それでもそんじょそこらのものよりいい。

あともうちょっと！

【ハイポーション】
分類：薬品　品質：高品質
詳細：普通品質のものより1・5倍の回復量を誇る逸品。優しい甘味を感じる。

やった！　できたわ！　しかも逸品ですって！

ユリア先生ってすごい！　先生の言ったとおり、魔法を勉強したことが錬金術に役に立ったわ！

残りのビーカーも同様に魔力を注ぎ、高品質なものを得ることができた。結果、ポーション瓶五本分のハイポーションができたのだった。


その日の夕方になって、昨日、マナポーションについて、「明日これを国で買い上げられるように交渉する！」と意気込んでいたお父様が、落ち込んで帰ってきた。交渉が上手くいかなかったというより、騎士団の方から横槍《よこやり》が入ったそうだ。

『なんで魔導師団だけがそんないいものを購入するんだ！　だったら俺達だって品質の良いポーションやハイポーションが欲しい！』

……と、子供の喧嘩《けんか》のような文句が騎士団側から上がったのだという。

「まあなあ、お互いに命懸けでやっているし、良いポーションが欲しいのはわかるんだが……」

お父様がため息をついて呟《つぶや》いた。

「そういえば、今日やっとハイポーションの高品質なものができましたけど……。品質1・5倍です。普通のポーションも高品質で作れましたよ」

と、テーブルに突っ伏してうなだれるお父様に伝えてみた。

「それだ！」

ガバッとお父様が顔を上げた。

「お前も来い、デイジー！　明日もう一度掛け合ってみよう！」

私は明日お父様と一緒に王城へ行くことになった。


翌日、私はまだ五歳ということで、ドレスではなく少女らしいワンピースを着ていくことになった。私のアクアマリンの瞳に合わせて、淡い水色のワンピースだ。

ケイトが着付けてくれて、髪の毛もサイドを編み込みにして、最後まで三つ編みにした髪をまとめてピンで留《と》めてくれる。そして、少し失礼かもしれないが、サンプル用のポーションを入れるために革製のポシェットをかけた。

「はい、可愛く仕上がりましたよ！」

姿見を見て私も確認。我ながら可愛く仕上げてもらったわ。

……お父様のためにも、今日は頑張ろう！


王城に到着して、私はお父様と一緒に馬車を降りる。お父様に手を引かれて、黙ってあとをついていった。そして、ある部屋の扉の前で足を止める。

「これは魔導師団の副魔導師長殿。こちらです、どうぞ」

部屋の前に控えていた警備兵が扉を開けてくれる。部屋の中には既に数名椅子に腰かけた人達がいた。……当たり前だけれど、大人ばかりで緊張する。しかも軍人さんだし、ちょっと怖い。

「ヘンリー、その子供は？」

カイゼル髭《ひげ》を生やした人物が、訝《いぶか》しげにお父様に尋ねる。

「は、軍務卿《きょう》。この子が私の次女デイジーで、ポーションの製作者です。本人を連れてきた方が説明もしやすいかと思い、連れてまいりました」

父が答えると、大人達はザワザワした。副魔導師長は何を血迷われたのか、娘を売り込みたいのか？　説明ってあの子がか？　などといった声も聞こえる。

「お嬢さん、歳は幾つだい？」

部屋にいた男性の一人が私に尋ねてくる。

「デイジー・フォン・プレスラリア、五歳になります」

軽くスカートをつまんで、女性の礼であるカーテシーの形を執る。

「この所作で五歳？　これは見かけによらずしっかりした子だ。うちの子も見習わせたいよ。ああ、ご挨拶に対しては名乗り返さないと失礼だ。私はオスカー・フォン・ヴォイルシュ。騎士団長を拝命している」

問いかけてきた騎士団長だという男性は、私の所作を見て目を見張り、慌てて名乗りを上げたあと、軍務卿に目配せをする。

「五歳のデイジー嬢が本当にポーションを作れるのかは些《いささ》かまだ疑問ではあるが……。まずは二人共、座りなさい」

軍務卿に促されて、私はお父様と並んで椅子に腰を下ろし、この席の中で立場が一番上であろう人物を探した。やはり、着席を許可したあの方よね。

「発言してよろしいでしょうか」

そして、軍務卿をまっすぐに見て許可を求めた。

「おお、私をまっすぐに見るか。物怖《ものお》じしないしっかりした子だな。発言して構わんよ」

私は「はい」と答えて、ポシェットに入れてきた、ポーション、ハイポーション、マナポーションの瓶をテーブルの上に置いた。

「先日父から、騎士団の方でも良い品質のポーションが欲しいという意見があったと聞きました。そのため本日は、ポーションとハイポーションも持ってまいりました。こちらも、マナポーションと同じく、性能は通常のものの1・5倍の回復量です」

「「お、おお……」」

軍務卿達が、驚きと喜び、そして本当に五歳児が作ったのか？　と困惑の混じった声を上げる。

「これを鑑定にかけても良いかね、デイジー嬢」

軍務卿が私に尋ねたので、はい、と頷いた。

「ハインリヒ、この三本を確認せよ。そなたは、製作者も『見る』ことができたよな？」

「はい」

まだ若い、ハインリヒと呼ばれた青年が頭を下げた。おそらく彼も鑑定持ちなのだろう。だが、彼は私と違って、ものの製作者まで読み取れるらしい。

……人によって『見える』内容が違うこともあるのね。

そして、ハインリヒがテーブルに置いた私の三本の瓶を順番に確認していた、その時。

「私もお邪魔させてもらうよ」

突然の来客がやってきた。

「「陛下！」」

室内にいた者全員が席を立つ。私も周りを見倣って立ち上がった。

陛下、と呼ばれるのは、我が国では国王陛下お一人だけ。陛下は、美しい癖のある短めのブロンドに、エメラルドの瞳、歳の頃はまだ三十に満たないのではと思うような男性であった。

「ああ、座ってくれて構わない。例の納品の話をしていると聞いてね、興味があって来てみたんだ。ところで、この顔ぶれだと……。まさか、まだ小さな君が製作者なのかい？」

「はい。ヘンリー・フォン・プレスラリアが次女、デイジーと申します。ご尊顔を拝見できたこと光栄に存じます」

私は、再び淑女の礼を執る。すると陛下は呆気《あっけ》に取られたような顔をする。

「いや、驚いた。とてもしっかりした子だね。まるで礼儀作法をしっかり学んだレディーのようだ。うちの同じ年頃の王子なんて家庭教師から逃げ回っているというのに、プレスラリア子爵のお嬢さんはすごいね」

驚いた表情のまま、陛下が腰を下ろす。私もそれに倣って腰を下ろした。

「で、話はどこまで進んでいるんだい？」

陛下が軍務卿に尋ねた。

「はっ、今、サンプルとしてデイジー嬢から提供されたポーションを鑑定させていたところです」

軍務卿が陛下に頭を軽く下げる。

「それで、結果は？」

「はっ。鑑定にかけましたところ、ポーション、ハイポーション、マナポーション共高品質で、通常のものの１・５倍の回復量があると判明しました。そして、製作者はデイジー嬢です」

ハインリヒが答えると、感嘆と共にどよめきが起こった。

「なんと五歳にしてその腕前とは！　逸材ではないか、素晴らしい！」

「魔導師団は、魔獣討伐の際に危険と判断した時用に、これを購入したいということだったな」

軍務卿が尋ねると、お父様とその上司と思われる人が「はっ」と頷いた。

「そして、騎士団長は、そうであれば、自分達も高品質のポーション、ハイポーションを購入したいという話だったな」

「はっ」と騎士団長が答える。

「デイジー嬢、これらを定期的に納品することは可能かい？」

陛下が私に問いかける。

「はい、原料となります薬草類は全て、私が栄養豊かな畑を作り、そこで育てているものです。ですから、材料が枯渇することはありません。安定して納品できます」

「ほう、栄養豊かな畑からか。それ故のこの品質なのかな？」

「はい、街では萎《しお》れた低品質の素材しか手に入りませんでした。ですから、自分で育てることにしたのです。栄養豊かな畑で育てた高品質で採りたての新鮮な素材が、良い薬になってくれます」

陛下の問いに私が答えると、陛下が満足そうに頷かれる。

「説明も論理的かつ明確だ。そして、ハインリヒの鑑定によって彼女が製作者だという裏付けもある。まだ幼い貴族令嬢にもかかわらず、品質向上のためには自ら畑を持つべきであるという結論に達するとは。技術力だけでなく、その思考力と向上心の高さは素晴らしい」

そして陛下は、もう一人部屋に控える軍人らしさのない男性に向き直って命を下す。

「財務卿、彼女のポーションを買い入れることを認める。あとで詳しいことをまとめるように。あそうだ、性能を十分加味した正当な価格で買うように」

財務卿と呼ばれた、中年の男性が頭を下げる。そして、陛下がまた私に向き直る。

「デイジー、その幼さながら錬金術師として品質に求めるその姿勢、情熱は素晴らしい。何か望みはないか？　代金とは別に褒美として、何か欲しいものはないか？」

突然欲しいもの、と言われて少し考える。お父様は何を答えるか少しハラハラしているようだ。

「私は、初級の錬金術の教本しか持っておりません。もし、褒美として頂けるのであれば、もう少し上級の教本を頂けたら嬉《うれ》しく思います」

私の答えに、陛下が満足気に頷《うなず》く。

「我が国の錬金術は遅れていると言っても過言ではない。だが、このような金の卵がいるとは重畳だ。その願い聞き届けよう。きっとこの国のためにもなることだろう」

そう言って、陛下は満足そうに笑って部屋をあとにされた。

その後、次のように買取りが行われることになった。

ハイポーションは週に三本、他は週に十本ずつ。価格は、品質を上乗せして一般品の三倍となった。

※一般品→今回の価格【通貨単位】
・ポーション……大銅貨一枚→大銅貨三枚【三千リーレ】
・ハイポーション……大銀貨一枚→大銀貨三枚【三十万リーレ】
・マナポーション……大銅貨三枚→大銅貨九枚【九千リーレ】

私は、五歳にして週に百二万リーレ、金貨一枚と銀貨二枚を受け取ることになった。

ちなみに我が国の通貨単位と貨幣価値はこういうふうになっている。

一リーレ＝鉄貨一枚
鉄貨十枚＝小銅貨一枚

小銅貨十枚＝銅貨一枚
銅貨十枚＝大銅貨一枚
大銅貨十枚＝銀貨一枚
銀貨十枚＝大銀貨一枚
大銀貨十枚＝金貨一枚
金貨十枚＝大金貨一枚
大金貨十枚＝白金貨一枚
白金貨十枚＝大白金貨一枚

食事の付かない素泊まりの中程度の宿で大銅貨五枚前後、貴族でない一般役人で年収金貨四枚くらい。だから、五歳の子供の収入としては結構な金額で、少し自分でも驚いてしまった。こんなにお金が頂けるのなら、本で見た遠心分離機なんかも自分で買えるかもしれない！

ちなみに、高値になった理由はハイポーション。その場で切断した腕ならば、ハイポーションをかければくっつけてしまうような品物なので、高額になってしまうのだ。

陛下を含めた商談（？）後、一週間後くらいに陛下がお約束してくださった錬金術の本が我が家へ贈られてきた。贈られてきた本は、『錬金術教本』の上・中・下巻。それに加えて、『錬金術で美《お》味《い》しい食卓』の計四冊だった。

……最後の一冊ってお願いしてないよね。多分陛下ご自身が興味あるのかな……？

頂いた本をお母様と見ていると、お母様が「お礼状をお送りしないとね」と教えてくださった。こういうものはより早い方が感謝の気持ちを伝えられるらしい。

「手紙に添えて贈れるものが、ポーションしかない」とお母様に相談したら、「むしろその腕を期待されているのだから、それでいいのでは？」というアドバイスを頂いた。だから、お礼の文言と、陛下のご健康をお祈りしていますという言葉にポーションを添えて返礼した。

それから、今後頂くポーション代は、私が後々独立する時に必要だし、高価な材料が必要になることもあるかもしれないね、ということで、お父様が、我が家のお金を管理しているのと並行して管理してくださることになった。

……さすがに、子供部屋の貯金箱で金貨貯金などをしたりはしないのだ。

◆

そういえば私は、お父様から許可を頂いた畑拡張をまだ実行していない。それに、花芽が出てきた株もあるので、種の採取と種蒔《ま》きもしないといけないはず。

週一の定期納品もあるから、今週は、大体週のうち一〜二日を納品物作製、残りを畑作業に費やす。栄養剤に使う万年草は、地下茎でも増えるタイプだったようで、知らずに植えたら、割と頻繁に採取しているにもかかわらず、気を抜くと横に領地を増やそうとする。畑も植物の配置を見直さないといけない。

そして、来週からは、大体週のうち一、二日を納品物作製、残りを新しいものの研究に。でも、新しく頂いた本を読むことが先だろう。うん、しばらくは新規開発とは行かないようだ。

将来を見すえた資金源の確保はできたけれど、五歳児にとってはなかなか忙しいスケジュールになってきたわ！

畑の拡張は、ダンと相談して、まず区画のイメージを決めることから始めた。

まず、万年草は独立エリアにする。地下茎で増えるタイプは、自分達の根を張り巡らせて、他の植物の根が育つのを邪魔するからだ。

その他の癒《いや》し草、薬草、魔力草、魔導師のハーブは、同じ区画に新しく種を蒔く。

そして既存の一区画。ここは、採取できるだけ採取したら、土地を整えてまた種を蒔く。

区画が決まったら、新しい二区画のために『豊かな土』を作る。馬糞《ばふん》の生産量もあるから、二日かかった。そして、今度は畑をダンと一区画ずつ耕すことにしたので、私の方の畑が二日かかった。

翌朝の筋肉痛がすごかったけど、瞬時に治るポーションってありがたい。それにしても筋肉痛程度に気軽に使えるなんて、とっても贅沢《ぜいたく》！　これも畑で安定して素材が手に入るからよね。

そして、種の採取。植物によっては、どれが種か一見してわかりにくいものもあったが、【鑑定】が見極めのお手伝いをしてくれる。


【癒し草の種】

分類：種子類　　品質：高品質
詳細：栄養をたっぷり溜《た》め込《こ》んだふっくらとした種。

【魔力草の種】
分類：種子類　　品質：高品質
詳細：栄養をたっぷり溜め込んだふっくらとした種。

【薬草の種】
分類：種子類　　品質：高品質
詳細：栄養をたっぷり溜め込んだふっくらとした種。

【魔導師のハーブの種】
分類：種子類　　品質：高品質
詳細：栄養をたっぷり溜め込んだふっくらとした種。

たっぷり栄養を与えて育てて採取した種は、高品種に仕上がっていた。種蒔き組が育った時の品質が楽しみ！　ただし、時々こういう子もいるけど……。

【魔導師のハーブの種】
分類：種子類　　品質：粗悪品
詳細：中身スカスカ。植えても芽は出ないだろう。

こういう子は残念だけど捨てちゃう。ごめんね。
私は、採取した良い種を、新たな区画の土地に、間隔に余裕を持たせて蒔《ま》いた。そして、種を蒔いて数日経つと、芽が出てくる。そうしたら、良い芽を除いて間引きする。

【魔力草の芽】
分類：植物類　　品質：高品質
詳細：大きく育つ気マンマン。

【魔力草の芽】
分類：植物類　　品質：低品質
詳細：生き抜いていくにはちょっと元気が足りない。

様子を見て残す芽を決めていく。
……ここまでやってきて、畑の種蒔きが終わる頃には、私は六歳になろうとしていた。

第八章　六歳の誕生日と新しいお友達

私は、六歳になった。そして、久々に【鑑定】してみたら、変化があった。

【デイジー・フォン・プレスラリア】
子爵家次女
体力：45／45　　魔力：460／460
職業：錬金術師　　スキル：錬金術（4／10）、鑑定（5／10）、風魔法（4／10）、土魔法（2／10）、水魔法（1／10）、隠蔽
賞罰：なし　　ギフト：緑の精霊王の加護

隠蔽のスキルが習得できていたのと、『鑑定』のスキルが一つ上がり、『ギフト』欄が増え『緑の精霊王の加護』が付いていた。これ何かしら？

妖精や精霊さんって、空を自由に飛び回ったり、自然の力による魔法を使ったりする、伝説や物語に描かれる小さな可愛《かわい》らしい素敵な存在よね。会ってみたいけれど、会ったことはないはずよね……。

会ったことがないのに、なぜ加護を頂けたのかしら？

それはともかく、前にお母様が、鑑定スキルは、スキル目当ての誘拐の可能性があると心配していたので、早速隠蔽をした。

【デイジー・フォン・プレスラリア】
子爵家次女
体力：45／45　　魔力：460／460
職業：錬金術師　　スキル：錬金術（4／10）（鑑定（5／10））、風魔法（4／10）、土魔法（2／10）、水魔法（1／10）（隠蔽）
賞罰：なし　　ギフト：緑の精霊王の加護

朝の身支度をして、朝食の席に加わりながら、『隠蔽』のスキルが習得できたおかげで、『鑑定』スキルを隠蔽できたことを報告した。すると、侍女と一緒の外出が許可されることになった。

やったわ！


『緑の精霊王の加護』のギフトの意味は、朝の水やりの時に気づくことになった。

私の畑に何かいる……。土の上に寝そべったり、葉っぱの上に座っていたり、そこは緑色の体の、背中に羽を持った生物で溢《あふ》れていた！

「えっと……？」

驚きすぎてかける言葉が見つからない。そうしたら、向こうから声をかけてきた。

「デイジー！　やっと私達に気がついたわね！」

「遅いぞー！」

「だよー！」

彼らは、私の周りをふよふよ飛び回る。

「えっと、あなた達は……？」

私はその生き物達に首を傾《かし》げてみせる。

「「「緑の妖精に決まっているだろ（でしょ）！」」」

妖精さんだったらしい……って、え？　え？　物語とかに出てくるあの伝説の妖精さん？

「全く！　今まであんなに手伝ってあげていたのに、気づかないなんて！」

女の子っぽい個体が私の周りを飛び回る。

「手伝いって？」

私はそもそも彼らが見えていなかったのだから、何をしてくれていたかなんて気づいていない。

だから、素直に飛び回る女の子に聞いてみた。

「草むしりよ！」

「葉っぱを食う虫もポイってしてやったぞ！」

……そういえば、私の畑の草むしりや虫の除去ってあんまりしたことないわね。ダンが気を利かせてやってくれていたのかと思っていた。でも、それが妖精さんのおかげだったなんて……！

なんだか私、物語の主人公になったみたい！

彼・彼女らによると、既に彼らは私がダンのお手伝いでバラの世話をしていた頃からいたようなのだ。私がせっせと世話する緑達は、イキイキとして住み心地が良かったんだって。

そのうち私が畑を作ると、私にくっついてきた。すると、今度は畑が気に入り、住み着いてお手伝いをしてくれていたということらしい。

それなのに私はいつまでたっても妖精さん達に気づかない。業を煮やした妖精さん達が、私が緑の妖精を見えるようにしてくださいって緑の精霊王様に泣きついたところ、ギフトとして『緑の精霊王の加護』を贈ってくれたそうだ。そして、やっと意思疎通ができる！　と興奮しているのが今、ということらしい。

「今までずっと手伝ってくれてありがとう！　お礼に何か貰って嬉しいものとかはあるかしら？」

うん、手伝ってもらっているからにはお返しが必要でしょう。

「大丈夫よ！　あなたの作る栄養剤が大好きだから！　でも甘い物も好きね！」

甘い物も大好きで、普段は水やりの時に混ぜた栄養剤をちょっと失敬する程度で十分だという。

「そうだ！　あなた今日お誕生日なんでしょう！　プレゼントがあるから、カゴを持ってきて！」

女の子の妖精さんから、突然そう言われた。私は、言われるとおりにカゴを持ってくる。すると、

「こっちへ来て」とふわふわと一体の妖精の女の子が家の奥の森へ入っていった。私はそのあとを追った。

「ここよ！」

妖精さんがある植物の前で止まる。そこには、びっしりと実のなったブラックベリーがあった！

「うわあ！　すごい沢山！」

私は感動して、声を上げる。妖精さんは喜ぶ私を見て目を細めて満足気だ。

私はカゴいっぱいにブラックベリーを摘んで家に帰り、私の誕生日の夕食にはたっぷりのベリージャムが載ったデザートが添えられたのだった。

そして、寝る前、こっそり小さなお皿にジャムを取り分け、畑のそばに置いておいた。妖精さん達が集まってきて嬉しそうにジャムを舐《な》めていた。

◆

素敵なお友達が増えつつも、私の平和な六歳の日々は続いていく。

その日私は、国王陛下からの贈り物の『錬金術で美味《おい》しい食卓』をわくわくしながら読んでいた。

……やっぱり美味しいもの食べたいわよね！

『ふんわりパン』はお兄様もお姉様もきっと喜ぶだろうなあ。名前を聞くだけでも美味しそう。ふんわりパンの応用で『デニッシュ』なんてものもある。バターがじわりとするパンってどんな感じなんだろう！

私達の食べているパンは、小麦粉から作ったパン種を練って、自然に放置して発酵したものが普通なんだけれど、あんまりふんわりとはしていない。というよりほぼぺたんこで、実はあんまり美味しくない。もし名前のとおり『ふんわり』だったとしたら、きっと家族みんなが喜ぶはず！
本によると、『ふんわりパン』を作るには酵母が必要で、その酵母はフルーツなどを錬金術で発酵させて作るらしい。
だったら、先日妖精さんに教えてもらったブラックベリーの自生地の新鮮な実を取りに行こう！

【ブラックベリー】
分類：食材・食べ物　品質：高品質
詳細：まさに食べ頃。ジューシーで甘い。

妖精さんの教えてくれた果物はさすがに品質がいい！
そして、厨房《ちゅうぼう》から蜂蜜を貰《もら》ってくる。

【蜂蜜】
分類：食材・食べ物　品質：良質（プラス1）
詳細：様々な野の花の蜜を集めて作った蜂さんの努力の結晶。優しい味わい。

ブラックベリーと同じ重さのお水を、煮沸消毒した瓶に入れて、蜂蜜はスプーンに二杯くらい。
瓶に蓋をして、錬金発酵を促しながら、瓶を優しく振る。

【酵母？？？】
分類：食材？　　品質：低品質
詳細：ブラックベリーの浮かんだ蜂蜜水。ただそれだけ。

……ま、まだそうよね。ちょっと【鑑定】さんの言葉がきついけど……。
さらに錬金発酵を促していると、だんだんと泡が浮かんでくる。

【酵母】
分類：食材　　品質：低品質（プラス1）
詳細：ブラックベリーの浮かんだ酵母になろうとしている。

……一応ちゃんと反応は進んでいるわね。大丈夫。
もっと発酵を促すと、しゅわしゅわな液ができた。

【酵母】
分類：食材　　品質：良質
詳細：ブラックベリーの酵母。完全に発酵が終わっている。

これを綺麗な布で濾《こ》して液だけにする。
そして、種つぎをすることでもっと強い酵母に仕上げていくのだ。
今作った酵母液を瓶に入れ、少し水を加える。蜂蜜はさっきより若干少ないくらい。そして、最初と同じ量のブラックベリーを入れる。そして蓋をする。あとの要領は一緒だ。

【酵母】
分類：食材　　品質：良質（プラス1）
詳細：ブラックベリーの酵母液。また発酵が始まった。

……ふりふり。うん、また発酵が始まっているわね。

【酵母】
分類：食材　　品質：良質（プラス3）
詳細：ブラックベリーの酵母液。あともう少しって感じ。

……ふりふり。やった、あともう少しだって。

【酵母】
分類：食材　品質：高品質
詳細：ブラックベリーの酵母液。種つぎによって高い発酵力を誇る。

ここで止めて、綺麗な布で濾して液だけにする。

できた！　あとは、これをもとにパンにするだけね！


私は酵母液の入った瓶を持って、厨房へ向かった。

「こんにちは、ボブ」

厨房へ入りながら、中にいた料理長のボブに挨拶をする。

「おや、お嬢様こんにちは。今度は厨房に何の用ですかい？」

気さくに用事を尋ねてきてくれる。

「今度はこの魔法の液で、『ふんわりパン』を作ろうと思うの。少し厨房を貸してくれるかしら？」

私は、酵母液の入った瓶をボブに掲げてみせてお願いする。

「……パンが、『ふんわり』ですか？　せっかくなので私も見せていただいていいでしょうか？」

「私も見たいです！」

ボブに加えて厨房担当のマリアも見たいと言ってきた。厨房の勝手はわからないし、むしろいてくれた方がありがたい。

「うん、勿論《もちろん》いいわ！　じゃあ場所を借りるわね。あとでパンを焼けるようにオーブンを温めておいてくれるかしら」

「はい、勿論です！」

ボブとマリアは快く手伝いを引き受けてくれた。

ボウルに、小麦粉、蜂蜜、塩少々を入れてよく混ぜる。そして、酵母液とお湯を入れて、粉と水分をまとめていく。この辺の分量は、『錬金術で美味しい食卓』の記載どおりにきっちり。

「台が高くて大変でしょう」

気づいたら、マリアが背伸びしている私のためにそっと足台を差し出してくれた。嬉しい。

「ありがとう、マリア」

私はにっこり笑って、マリアにお礼を言った。

頑張ってパン生地を捏ね、台に叩き付けてさらに捏ねると、生地がツルリとしてくる。ここでバターを加えて捏ね、馴染《なじ》ませる。丸くまとめた生地をしばらく暖かいところで自然発酵させる。

錬金発酵で急ぎたいけど、ボブ達のために我慢。ゆくゆく、パン作りは彼らに頼みたいもの。

【パン生地】
分類：食材　　品質：高品質
詳細：発酵は十分。次にガス抜きしよう。

あれ。【鑑定】さんが手順のガイドをしてくれている……。

ボブとマリアは、生地の今まで見たことのない膨らみ方を見て、びっくりしている。【鑑定】さんの言うとおりに、ガス抜きして、十二個に切り分けて丸めた。濡《ぬ》れ布巾《ぶきん》を被《かぶ》せて少し休ませて……。

「さあ、これを焼くわ！」

オーブンに入れるのはボブにお願いした。オーブンの使い方はさすがによくわからない。

「焼いたらもっと膨らむから、間をあけて置いてね」

そうお願いすると、まだ膨らむのかと二人はびっくりしていた。

そして、生地は二倍に膨らみ、綺麗なキツネ色に仕上がったところで、ボブがオーブンから取り出してくれた。

「試食しましょう！」

二人は恐縮していたが、私から一個ずつ渡して、三人で焼きたてのパンを手に取った。

パリッとパンを半分に割る。すると、ふんわりフルーティーな香りが漂った。うわぁ、こんなもの食べたことないわ！

「ふんわりだけじゃなく、とてもいい香りです」

マリアがうっとりしている。

一口パンにかぶりつくと、その香りが口内いっぱいに広がった。

「これは美味《うま》い！　こんなの食べたら今までのパンなんて食べられなくなりますよ！」

ボブは大興奮だ。

『ふんわりパン』は大成功！

残りの九個のパンは、温め直して今夜の我が家の食卓に上がることになった。


「今日のこれは……パンなのかい？」

まずお父様が丸いパンを手に取って首を捻《ひね》った。

「はい、錬金術を使って作った『ふんわりパン』です。とっても美味しいので食べてみてください」

私の言葉に、家族みんながパンを口にする。

「美味しい！　ふわふわだ！」

まず叫んだのは、子供のお兄様とお姉様だ。

「まあ、香りもとってもいいわ。何かのフルーツの香りのような気がするけれど……」

お母様が首を傾げている。

「ふっくらさせる液体の材料に、ブラックベリーを使ったので、その香りだと思います」

私がその疑問に答えた。

「うん、これは美味しいね。このパン以外食べたくなくなるな」

お父様も満足気だ。

「僕も（私も）このパンじゃなきゃヤダ！」

兄様と姉様が合唱する。そう言いながら、お兄様もお姉様もお代わりのパンに手を伸ばし、美味しそうに頬張《ほおば》る。多めに作っておいたパンは、お兄様とお姉様に次々に平らげられてしまった。

「もうこれ以外食べられないね」ってことになって、我が家のパンは、『ふんわりパン』が定番になった。やったわ、大成功！

そして、酵母作り、パン作りの方法は私がボブとマリアに教えて、あとの工程は二人にやってもらうことになった。

◆

『ふんわりパン』が家族に好評で、酵母液を定期的に作るという作業が加わった。

うーん、だんだんと私一人じゃ手が足りなくなるなぁ。

なんというか、贅沢《ぜいたく》なことを言っているのだと思うのだけれど、私が【鑑定】に頼って錬金術の品質の見極めをしている以上、どうしても、同じ【鑑定】を持っている人じゃないと、品質を維持できないような気がする。それに何より、色んなタイミングの見極めどころを伝えづらいのだ。

そのせいで、誰かに手伝ってもらう必要があるという問題が後手後手になってしまっているのだ。

……しかも、六歳の錬金術師の弟子（？）になりたい人なんていなさそうだし……。

そんな悩みを抱えている今日この頃なのだが、今日は朝市が開かれるので、次に作るものの食材を買いに、ケイトと街に出てきている。午前中の魔法の練習は今日だけお休みだ。

と、そんな事情を抱えながら街を歩いている時だった。

「こんな品質の悪いモンしか作れない店で弟子なんてやってられるか！」

私と同じくらいの年頃の男の子が、バン、と荒々しくお店の扉を開けて出てきた。

「品質が悪いなんて人聞きの悪いこと言うな！　こっちこそお前なんか破門だ！」

店の中から、少年の言葉に怒った男性の怒鳴り声がした。そして、カバン一個が外に放り出された。きっと少年の荷物なのだろう。

その店の看板を見上げると、錬金術師の店だった。

……品質の良し悪《よあ》しって、そんなに簡単にわかったっけ？

「品質が悪い」と言った彼の言葉がどうしても気になって、ちょっと悪いかもしれないけれど、【鑑定】で見てみることにした。

【マーカス】
平民・長男
体力：50／50　魔力：170／170
職業：錬金術師見習い……だった　スキル：鑑定（3／10）
賞罰：なし

やっぱり【鑑定】持ちだった！　しかも錬金術師見習い！　さらに過去形！

彼しかいないよ！　逸材発見！

私は、放り出されたカバンを取りに行く彼に駆け寄り、ガシッと手を掴《つか》んだ。放《ほ》ったらかしのケイトは何事かとびっくりしている。

「私、錬金術師のデイジーっていうの。少しお話しできないかしら？」

「はあ？　こんなチビが錬金術師？　何言ってんだ……って、あ、本当だ」

最初は訝《いぶか》しげにしていた彼が、私をじっと見て（多分鑑定で見ている）、驚きに目を見開いて呟《つぶや》いた。

と、そこで、「ぐうううううう」と、彼のお腹《なか》から盛大な音がした。

「お腹すいているの？」

顔を真っ赤にしている彼に尋ねる。

「朝メシ食べる前に親方と口論になっちまって、食べてないんだ」

そう言って片手でお腹を押さえながら、もう片方の手でガシガシと頭をかく。

「ねえ、ケイト。こんな時間じゃ食べ物屋さんって開いてないわよね？」

背後で呆然《ぼうぜん》としているケイトに尋ねる。

「まだ、朝早いですからね」

そう言ってケイトは頷《うなず》く。

「お話ししたいこともあるし、私のうちに来て！　朝ごはん食べさせてあげる」

そう言って、ケイトにいいでしょ？　と尋ねる。

「ボブに頼んでみましょうか」

ケイトが仕方ないといった様子で頷き、私はその日の市場は諦めて、彼と一緒に自宅に戻ることにした。


家に帰って、彼には少し玄関で待ってもらい、お母様に彼を招き入れる許可を貰う。

「お母様、ぜひ錬金術をお手伝いしてもらいたい少年がいて、その子が、今朝前の職場から追い出されてしまってお腹をすかせているんです。家に招いて、食事を食べさせても良いですか？」

お母様は、「いいわよ」とにっこり笑って頷く。

「あなたを手伝ってくれることになるなら、あとで私とお父様にもちゃんと顔合わせをするようにね」

と、一応釘《くぎ》は刺されたけれど。

ようやくマーカスを家の中に招き入れ、一緒に厨房《ちゅうぼう》へ向かう。すると、ボブはいないがマリアがいた。

「ねえマリア、この子朝ごはんがまだでお腹をすかせているの。何か食べさせてあげられるものはないかしら？」

「ちょうど私達使用人の一人が休んでいて、パンが一つとスープが余っていますよ。温め直しましょうね」

そう言って、マリアが支度しに移動する。

私達は、厨房の中にある使用人用のテーブルに二人で腰を下ろして待った。

「なんだこのパン！　すごい美味い！」

出されたパンに、マーカスが驚いた。例の『ふんわりパン』だ。我が家では、パンは使用人も含めて『ふんわりパン』が出されることになっている。

「それも、ふんわりのもとは錬金術で作るのよ」

私は美味しそうにパンにかぶりつくマーカスを眺めながら言った。

「あとねえ、こんなものも作れるわ」

私は、ポシェットに入れておいたポーションとハイポーションを机の上に載せて彼に見せた。

「えっ！　こんな質のいいやつ、見たことない！　お前が作ったのか？」

瓶二本を見て驚いている。

「うん、他にもマナポーションも作っていて、国の軍に納品しているの」

国に納品、と聞いてさらに驚いたのか、マーカスは目を瞬かせる。

「お前って見かけによらずすごいんだな。あ、俺はマーカス。七歳で見てのとおり平民だ」

ようやく朝食を食べ終わったマーカスは、自分の名を名乗る。

「うん、【鑑定】で見せてもらったから知っている。さっきは偽装していたから、見えなかったかもしれないけれど、私も【鑑定】が使えるから。私はデイジー、六歳よ。よろしくね」

私はにっこり笑って名を名乗る。

テーブルに置いたポーション瓶をポシェットにしまって、マーカスを畑に誘う。

「これは私が作った素材畑。錬金術を使って栄養豊かな土にしているわ。植わっている素材の品質を【鑑定】で見てみて」

畑の一角で足を止めて、マーカスを促す。

「え、こんないい素材使って作ってんの？　というか、お嬢様が畑作ってんの？」

マーカスは色んな素材を鑑定してはいちいち驚いている。

「今まで見習い奉公に行ったとこの錬金術師なんて、普通に店に売っている萎《しお》れた材料使って作っているところがほとんどだったぞ」

すげー！　こんな贅沢な癒《いや》し草でポーション作ってみてー！　とか呟きながら羨ましそうに私の畑を眺めている。勧誘するならそろそろかな、と思った。

「じゃあ、うちで働かない？」

と、畑に夢中なマーカスに提案する。

「そしたら、粗悪なポーション作りじゃなくて、上質なポーション作りを学べるよ？」

ぱあぁっとマーカスの顔が明るくなる。

「でも、デイジーは俺を雇えるのか？」

まあ、六歳児じゃあ、その質問も出るよね。

「うん、国の軍にポーションを納品している関係であなたを雇うお金はあるわ。でもなぁ……六歳の子が雇い主なんて言ったら、親御さんが心配するわよね……」

そこで困っていたら、玄関が急に賑《にぎ》やかになった。何かと思ったら、今日はたまたま午前だけ勤務だったお父様が帰ってきたのだ。お父様とお母様に相談しよう！

私はマーカスを連れて、お父様とお母様のもとへ急いだ。

私は、お父様とお母様に今までの経緯を話した。

「それで、デイジーは隣にいるマーカス君を雇いたいけれど、子供の自分が契約したんじゃ親御さんに心配をかけるんじゃないかって気にしてるんだね」

客室のソファで対応してくれることになったお父様が私に確認する。

「確かにデイジーの判断は正しいわね」

お母様も頷いてくれている。

「セバス、うちの使用人用の部屋に空きはあったかな」

お父様が、そばに控えていた執事のセバスチャンに確認をしている。

……私、勢いばっかりで、そんなことも考えてなかったわ！

「はい、まだ空き部屋はございます。しばらく使っていなかった部屋ですので、二日ほどお日にちを頂ければ、準備も整えられるかと存じます」

「マーカス君は、住み込みでいいかな？　それと、デイジーの手伝いが仕事になるけれど、雇用者は私にしようと思うが、いいかい？」

貴族の大人二人を前に、緊張した顔つきのマーカスに対して、お父様は優しく微笑《ほほえ》んで確認する。

「はい、ありがたいぐらいです！」

マーカスはガバッと勢いよく頭を下げた。

「じゃあ、あとでちゃんと契約書を作ろうかね。ところで、マーカス君はなんでその歳でもう働いているんだい？　何か家に事情があるのかな？」

私達の国だと、平民の子供が働くのも珍しくはないが、やはりそれなりに理由がある家庭が多い。お父様はそれを心配すると同時に確認したいようだった。

「うちは父さんが二年前に事故で死んでいなくて、母さんだけなんです。でも、母さんも病で働けなくて。俺の下にまだ小さい弟と妹がいるので、俺が働かないとダメなんです。母さんの薬代も早く稼ぎたいし……」

マーカスは、沈痛な面持ちで家庭の事情を語った。

「お母様のご病気は重いものなのかい？」

お父様が心配そうな顔で尋ねる。

「医者に診てもらったところ、ハイポーションか教会のハイヒールじゃないと治らない病だそうです。だから俺が稼がなきゃいけなくて……」

それを聞いて、お父様はうーん、としばらく顎を撫《な》でて考える。

「デイジー、ハイポーションは今家にあるかい？」

「はい」

私は即座に頷いた。

「マーカス君、こうしないかい？　お母様の病気は、まずデイジーのハイポーションを使って治そう。重い病気を放っておいて良い方に向かうことはない。でね、まだその代金を君は払えないだろうから、後払いで分割払いってことにして、君の毎月の給金の中から、生活に困らない程度に少しずつ返してもらうっていうのはどうかな？」

お父様は組んだ手の上に顎を乗せて、マーカスの顔を覗《のぞ》き込む。

「そんな高額なものを後払いでいいなんて……。会ったばかりの俺を信用してくださるんですか？」

マーカスはとても信じられないといった顔だ。

「だって、君は今までも錬金術師の店に奉公していたんだろう？　盗もうと思えばハイポーションを盗むことができたはずだ。でも、その誘惑に負けず、真面目に働いてきたんだろう？」

お父様は真摯にマーカスを見つめる。

「お父様。マーカスには賞罰に窃盗が付いていたりはしません」

私も、マーカスのお母様を助けてあげたくて、マーカスの人間性に問題がないことを主張する。

お父様はうん、と頷く。

「じゃあ、そのことを含めて契約書をまとめようかね」

お父様は、一旦執務室に移動した。

マーカスは、お父様の計らいに感激したのだろう、そして、母親の病を治せることが嬉《うれ》しくて、しばらく腕で顔を隠して泣いていた。

その後、お父様は返済金を含めた契約書を書いて部屋に戻ってきた。そして、契約の詳しい内容や条件を彼に聞かせる。

契約金額はうちの普通の使用人のものから、子供のうちは、と減額した金額だったらしいが、今まで彼が働いていたどの店よりも良かったらしく、マーカスはそれにも感謝していた。

「じゃあ、明後日までに君のための部屋を綺麗《きれい》にしておくから、明後日の朝、教会の朝一番目の鐘が鳴る時刻に家に来てくれるかい？　そして、この契約書は、ここに君のサイン、ここにお母様のサインを貰《もら》って持ってきてくれ」

そして、マーカスは契約書とハイポーションを持って家へ帰っていった。


「お父様、マーカスの賃金分は私が払います」

マーカスが帰ったあと、私は、お父様にそう宣言した。

「いや、子供に必要な経費を払うのは親の義務だよ、デイジー。それにね、こういうものは、子供の将来のための投資だと思っている。君が心配する必要はないからね。それと、毎月のポーション代は、デイジーから預かっているお金に足しておくからね」

そう言って、私の頭をポンポンと撫でて自室へ行ってしまった。


二日後の朝、サイン済みの契約書と、マーカスのお母様から私のお父様に宛てた手紙を持って、彼はやって来た。そして、私のハイポーションでお母様の病が治った！　と嬉しげに報告し、感謝の言葉をくれた。

マーカスのお母様からの手紙には、ハイポーションのお礼と、息子をくれぐれもよろしくお願いします、といったような子供を心配する母親の言葉が綴《つづ》られていたと、あとでお父様に教えてもらった。

今日はまず、マーカスは来たばかりなので執事預かりだ。新しい使用人は、この家で働くために最初に身なりを清潔にし（体を清めるとか、散髪をしたりとかね）、服が支給される。そして、この家で働くためのルールや、屋敷や使用人エリアの説明をされるのだ。

そして、昼食時などに他の使用人との顔合わせもする。これも大切だ。まあ、ほぼ完全に私付きになるので、他の使用人と異なる部分もあるけれど、うちの使用人になるのであれば、今日の半日強のセバスチャンの教育は必須なのである。

私は、午前中の魔法の訓練を終えたあと、マーカスにやってもらいたいことを教えていく順番を考えていた。

まずは水。蒸留水作りを教えて、私が魔法の練習をしている午前中に、全ての基本である蒸留水を作っておいてもらうと効率がいい。でも、蒸留器といったガラス器具は高価なものだ。普通の平民の錬金術の店では、見習い一年かそこらの子供には多分触らせてはいないだろう。使い方を教えないとダメだろうな、と考える。

次に、畑を見ながら、畑の水やりはどうしようかなあと、ちょっと悩んで立ち止まった。

「デイジーどうしたの？　悩み事？」

緑の妖精さんがふわんと私の肩に止まる。

「うーん、新しく私の見習いになった男の子に、一緒に働いてもらうことになったんだけれど、水やりを頼むかどうするかで悩んでいるの」

妖精さんを指先に乗せ替えながら相談する。妖精さんは私の指先に腰を下ろした。

「まあそうね、水やりも意外に難しいものね。やりすぎても根が腐るし、足りなければ萎《しお》れたり枯れたりするし……」

妖精さんも私の悩みに同感のようだった。一緒に考えてくれる。

「彼も、私のようにあなた達妖精さんが見えるのなら、あなた達に指導してもらえて安心なんだけどな」

ふっと、私は思い付いたことをぼやく。

「私達が見習いくんを指導？」

妖精さんは、そこにピキーンと来たようだ。手がワキワキしていて怖い。

「緑を大切に育てられる人を増やすことも、私達にとっては大切な使命だわ！　任せて、デイジー！」

ん？　だって、マーカスにはあなた達が見えないんだよ？

「あなた達が見えない人に、どうやって指導するの？」

「見えるようにすればいいのよ！」

そう言って、その妖精の女の子はぱっと消えてしまった。

夕方、セバスチャンの初日教育を終えたマーカスが畑にやってきた。

「うわぁっ！　なんか畑に緑の変なのがいる！」

そう叫んで腰を抜かし、地べたにおしりをついてしまった。

あの女の子の妖精さんと精霊王様が素早い対応で、マーカスにも緑の妖精さんが見えるようにしてくれたようだ。仕事早いな……。

すると、悩み相談の相手をしてくれた女の子の妖精さんが、ふわりと飛んできて私の肩に止まる。

心なしか、いい仕事をしたとばかりに、胸を張っているような気がする……。

「マーカス、安心して、この子達は緑の妖精さん。ここの畑を守ってくれているの」

マーカスの手を取って助け起こしながら説明する。

「あなたにはここの畑の水やりを、朝と夕方にお願いするわ。最初は加減がわからなくても大丈夫……」

「「「私達がしっかり仕込んであげるから！」」」

マーカスの教育をやる気マンマンな妖精さん達が、私の言葉をさえぎった。

「まずは今日の夕方分の水やりよ！　さあ、こっちに来て。じょうろを取りに行くわよ！」

妖精さん達はマーカスに寄ってたかって、連れ去ろうとする。

「デ、デイジー……」

マーカスからは戸惑いと助けを求めるような視線を感じた。

「行ってらっしゃい、頑張ってね、マーカス！」

しかし、私は無情にも連れ去られるマーカスを笑顔で見送った。

……良かった！　これで私の畑は安心だわ！

「ちょっと！　じょうろからたれる水をぼたぼた畑に落とさない！」

「水撒《みずま》きは、満遍なく優しくやるんだ！」

「鑑定持っているんでしょ！　植物自身に確認してどれくらい水が欲しいか聞くのよ！」

妖精さん、やる気満々ね！

にしても、結構色々詰め込まれている感じがする……。蒸留水作りのレクチャーは明日にしようかしら。私は、マーカスの今日の教育は妖精さんだけに任せることにした。


次の日の朝。私が魔法の練習を終えて畑へとやってくると、後輩ができて、やたらとやる気に満《み》ち溢《あふ》れた顔つきの妖精さんの群れと、水やりを終えて疲れきった様子のマーカスがいた。

「おはよう、マーカス。水やりありがとう」

私は彼に近づいていきながら、朝の挨拶をした。

「ああ、妖精達が懇切丁寧に教えてくれるから、今朝も無事終わったよ……」

マーカスは、やる気満々の顔で畑のまわりを漂う妖精さん達を眺めながら、笑って肩を竦《すく》めた。

「今日は、また一つ仕事を覚えて欲しいのよ」

マーカスが、仕事？　と首を傾げる。

「蒸留水って知っている？」

私は、実験室の小屋の鍵を開けながら、マーカスに質問する。

「いや、知らない」

マーカスは首を振る。

「じゃあ、普通の水ってどんなもの？」

私の問いに、マーカスがうーん、と首を捻《ひね》る。

「じゃあね、この木桶《きおけ》に、井戸水をくんできてちょうだい。そして、【鑑定】で確認してどんなものかを確認してちょうだい」

私は空の木桶をマーカスに渡し、水汲《みずく》みに行かせた。

しばらくしてから、興奮した顔つきのマーカスが帰ってきた。

「井戸水って、色んなもの入っているじゃないか！」

マーカスは、初めて水というものを【鑑定】の目で見たらしい。

「そう。だからこれはこのまま錬金術には使えないの」

マーカスに、木桶を小屋の中に入れるように指示して、ガラス器具が並ぶテーブルの方に誘う。

「じゃあ、水は何を使うんだ？」

やはりマーカスは該当のガラス器具を目の前にしてもわからない。今まで錬金術師としての仕事はおそらくほとんどさせてもらえていなかったのだろう。

「答えは、あなたの目の前のガラス器具にあるわ。それで、蒸留水という純粋な水を取り出すの」

私に言われて、見たことはあるが、触らせてもらったことのないガラス器具を見て、マーカスは目を瞬かせる。

「……新しい仕事って、もしかして俺にこれ使わせてくれる？」

恐る恐る、でも期待を込めてマーカスが私に問いかける。

「うん。これで蒸留水を作るのが、あなたの朝の仕事よ！」

椅子が二つあるので、一つは私が座り、もう一つにマーカスに腰かけるように促す。

「まずは私がやってみせるから、見ていてね」

「ああ！」

好奇心に満ち溢れた瞳で器具を見つめながら、マーカスが大きく頷いた。

「まず、綺麗なフラスコ……フラスコっていうのはこういう下が丸くて首が長い瓶のことね。これに、井戸水を入れて、蒸留器にセットするの。反対側には空の綺麗なフラスコを取り付けてね」

私は、元になる方のフラスコに水を入れて、そのフラスコを蒸留器にセットする。

「そして、元側のフラスコの下にある、加熱用の魔道具と、上にある冷却用の魔道具のスイッチを入れるの」

そして、魔道具のスイッチを入れる。次第にフラスコの周りに気泡ができ始め、さらに沸騰し始めると、フラスコ内に水蒸気が立ち込め始め、冷却器の部分に水滴が溜《た》まり、ガラス管を通して受け用のフラスコに流れていく。その溜まって流れ落ちていく水を指さし、「これが蒸留水よ」とマーカスに教える。

しばらく経《た》って、あらかた受け側に移動したので、魔道具のスイッチを切る。

「さあ、両方のフラスコに入った水を見比べてみて」

【水】
分類：液体　品質：良質
詳細：蒸留水。純粋な水。

最初に水を入れておいたフラスコの方はこう。

【水】
分類：液体　品質：普通（マイナス2）
詳細：不純物が濃縮された水。廃棄物。

「水が綺麗なものと、汚いものに分かれた！」

マーカスは大興奮だ。

「毎日の仕事になるんだから、落ち着いて。じゃあ、次はマーカスの番ね」

私は、まだ熱い元側のフラスコを厚手の手袋をして蒸留器から外し、水を捨てた。そして、蒸留水は、実験用の大きめの水差しの中に移し替えた。

「汚れた器具はこうやって洗ってね」

私は、元側のフラスコが冷めてから、水差しから少し蒸留水を入れて、くるくる回して洗浄する。水を捨てて、乾燥待ちの器具を入れるカゴの中にフラスコを置いた。そして、綺麗なフラスコを二個手に取って、マーカスに手渡す。

「さ、やってみて」

マーカスは、ふうと大きな深呼吸をして、興奮する自分を落ち着かせた。

先に見せた手順のとおり器具をセットし、蒸留器を動かし始めた。見たことをそのとおりに再現して、蒸留作業を完了させ、蒸留水を水差しに追加した。

マーカスは、頬《ほお》を紅潮させている。初めて錬金術師らしいことができたことで、感動で胸がいっぱいになったようだった。

「なあ、デイジー！　いつか俺にもポーションとかも作らせてくれる？」

マーカスは、まだ興奮冷めやらぬといった様子で、キラキラ目を輝かせて私に尋ねてくる。

「もちろんよ！　これからよろしくね！」

「こちらこそ！」

そう言って私達は固く握手をしたのだった。

第九章　贈り物を作ろう

とある晩、私は『錬金術で美味《おい》しい食卓』を居間に持ち込み、お父様とお母様に相談をしていた。

「陛下に頂いた本なんですけど……お願いした本に加えて、この本が入っていて。口にするのは慎まれていても、もしかして陛下はご興味やご期待があって私にこの本をくださったのかなあ、と、思っているんです」

私は前々から気になっていたことを口にする。

「うーん、そうねえ。目新しく美味しいものに興味のある人は多いかもしれないわね」

お母様も頬《ほお》に手を添えて一緒に考えてくださる。

「でもなあ、デイジーの『ふんわりパン』はとても美味しいけれど、あまりに日常用すぎて陛下に献上というとちょっと違う気もするね」

お父様も一緒にうーんと唸って考えてくださる。

「お酒とかはどうかしら？」

ぽんと胸の前で両手を叩いてお母様が、思い付いた！　という顔をする。

「ああ、それはいいかもしれないね。陛下もお酒は嗜《たしな》まれる方だし。確か葡萄酒《ぶどうしゅ》をお好きだったはずだね」

お父様も、うんうんと頷《うなず》く。

……うーん、それだと未成年の私は楽しめないよ？

「私は未成年ですから、味見はできません。なので、お父様とお母様が味見をしていただけますか？」

「「勿論《もちろん》（だ）よ！」」

両親の顔はなぜか嬉しそうに見えた。

ワイン用の木樽《だる》などを取寄せたりした後のある朝、私はケイトとマーカスを伴って朝市に出かけた。全員大きなカゴを持ってきている。色々な品種のぶどうを買う予定だからだ。

私とマーカスの朝の予定はずらしてある。畑の水やりはダンにお願いをしてきた。

街の大通りまで来ると、中央の広場を中心に即席の店が沢山連なっていて賑《にぎ》やかで、心も弾む。

「ケイト、マーカス、すごいわ！　あんなに賑わって！」

私ははしゃいで広場の中央でくるりと回る。そして、果物を扱う店が集まっているところに向かう。

「おや、お嬢さん、何か探し物かい？」

果物を持ち込んできたおばさんに声をかけられた。

「ワインを造りたくて、ぶどうを買いに来たの。何か向いているぶどうは置いてある？」

私はおばさんに聞いてみながら、並べられた色とりどりの果物を見回す。

「だったら、ここの並びの一番奥にいるバッソ爺《じい》さんに聞くのが一番いいね」

そう言って、おばさんは、店の並びの奥の方を指さす。確かに、一人のおじいさんがいた。

「ありがとうございます！」

私は教えてもらったお店に移動した。

「こんにちは。ワイン造りに向いたぶどうってあるかしら？」

バッソ爺さんと呼ばれた男性に声をかける。

声をかけられて、おや？　といった顔でおじいさんは顔を上げた。

「……嬢ちゃんが造るのかい？」

不思議そうな顔をしておじいさんは私の顔を覗き込む。

「はい、とても大切な方への贈り物にワインを造りたいんです」

私は素直に目的を答えた。

「じゃあ、上等なワインが造れる品種を選んであげよう」

よっこらしょ、とおじいさんが腰を上げて、私がいる店の表側までやってきた。

「カゴを三つ持ってきたから、三種類あると嬉しいわ」

「ふーむ、三つね。だったらそうだな……。まずこれは、ペノ・ロワールといって、ここらの代表的な品種だね。繊細で上品なワインができるよ」

【ぶどう（ペノ・ロワール）】
分類：食材・食べ物　　品質：高品質

詳細：まさにワイン造りに適したタイミングで収穫された逸品。ワインにすれば、熟成によってスミレのような芳香を放つ上品なワインに仕上がるだろう。開栓は余裕を持って早めにすると良い。

「あとはこれかな……。メロローだ。果物や果実味を感じるワインができるだろうね」

【ぶどう（メロロー）】
分類：食材・食べ物　　品質：高品質
詳細：まさにワイン造りに適したタイミングで収穫された逸品。ワインにすれば、柔らかくなめらかな丸みのある味わいで、ブラックカラントやプラムのような香りを持つだろう。

「あとは、ワインの王様、ブローロのもとになるこのぶどうかな。これは今日特別に取り寄せたものだよ」

【ぶどう（ネッテオーロ）】
分類：食材・食べ物　　品質：高品質
詳細：まさにワイン造りに適したタイミングで収穫された逸品。ワインにすれば、重厚で王者の風格を持った味わいになるだろう。開栓は余裕を持って早めにすると良い。

うーん、素敵。ワインといっても、色々あるみたい。個性的なこの子達でワインを作ってみたくなった。

「おじいさん、そのオススメのぶどうを三種類頂くわ！」

私達はカゴいっぱいになったぶどうを持って、家路についたのだった。……よ、予想以上に重い。結局、私は、マーカスにカゴについた取手の片方を持ってもらって、重さを分散することで、やっと持ち帰ることができた。

私達は自宅に帰って、ワイン造りを開始することにした。

三種類あるので、途中までマーカスに加えてケイトにも手伝ってもらうことにする。三種類のぶどうを三つの木桶《きおけ》にザラッと全部入れる。ちなみにぶどうは洗わない。洗うと水で糖度が下がって不味《まず》くなる。でも手は洗って綺麗《きれい》に。

「まずは、茎みたいな部分を全部除いて……」

ぶどうの粒と粒を繋《つな》いでいる部分を取り除いていく。

「結構細かい作業ですねえ」

ケイトがボヤきながらも、黙々と作業をする。

そして、ぶどうの粒を潰していく。

「うわ、いつ終わるんだ！」

マーカスもブツブツ言い出す。

周りが何かブツブツ言ってはいるけれど、無事潰すのも終わって、次は発酵作業に入る。ちょっとケイトは休憩。彼女は少しほっとした様子で腰を下ろして眺めている。

潰したぶどうの入った木桶の中に、干しぶどうをもとに作った酵母液を入れていく（今はブラックベリーの収穫期も終わったので、他の果物で酵母液を作っている）。

ちなみに、マーカスも日々の酵母液作りで錬金発酵ができるようになったので、次の工程の発酵のお手伝いをしてもらうことにした。順番に魔力を送って発酵を促していく。

【ワイン？.？.？（ペノ・ロワール）】
分類：食材・食べ物　　品質：低品質
詳細：ぶどうを潰したもの。発酵は始まったばかり。酵母が頑張っている。

【ワイン？.？.？（ペノ・ロワール）】
分類：食材・食べ物　　品質：低品質
詳細：ぶどうを潰したもの。だいぶ発酵が進んできた。まだまだ頑張り中。

【ワイン？.？.？（ペノ・ロワール）】
分類：食材・食べ物　　品質：低品質
詳細：ぶどうを潰したもの。アルコール発酵が行われて、果皮から色素とタンニンが果汁に移っている。

……確かにだいぶお酒くさくなってきたわ。

これをあと二種類分行っていく。終わったら、大きな布の袋に入れてぎゅーっと絞って果皮と種子を取り除き、三つの樽《たる》に詰めた。

次にもう一回発酵させる。

【ワイン？？（ペノ・ロワール）】
分類：食材・食べ物　　品質：低品質
詳細：発酵したぶどう液。酸が際立って酸っぱい。

【ワイン？（ペノ・ロワール）】
分類：食材・食べ物　　品質：低品質
詳細：発酵したぶどう液。まろやかな味わい。でも物足りない。

……お酒くさくなったわ。そして酸味がなくなったようね。

そして今度は『錬金熟成』を行う。これは、初めての方法ね。楽しみだわ！

本によると、ワインというものは、本来とても時間をかけて自然に熟成させるのだけれど、『錬金熟成』というのは、そこを魔力で促進して短時間で熟成をさせてしまうのだ。
上手にできるかしら？

【ワイン？（ペノ・ロワール）】
分類：食材・食べ物　品質：普通（マイナス3）
詳細：発酵したぶどう液。樽の香りが少し液についてきた。熟成により風味も複雑になりつつある。

【ワイン（ペノ・ロワール）】
分類：食材・食べ物　品質：普通（マイナス2）
詳細：造りたての若いワイン。酸味がきつい。味の複雑性はまだ少ない。

……ワインって味が複雑な方が美味しいと評価するものなのかしら？　でも、その前に酸っぱいと美味しくないわよね。疑問は残る中、本の手順どおりに、三種類分を処理する。そして、布で濾《こ》して不純物を取り除きながら瓶に詰める。
コルク栓を締めて、ちょうど三種類各二本、六本分のワイン（？）ができ上がった。

【ワイン（メロロー）】
分類：食材・食べ物　　品質：普通（マイナス1）
詳細：造りたての若いワイン。単純なジュースって感じ。味の複雑性はまだ少ない。

……これは、甘いジュースみたいってことかなぁ？

【ワイン（ネッテオーロ）】
分類：食材・食べ物　　品質：普通（マイナス2）
詳細：造りたての若いワイン。タンニンがきつい。要は渋い。味の複雑性はまだ少ない。

……こっちは渋くて単純な味ってことね。
【鑑定】さんは『味の複雑性が……』ってよく言っているわね。でも今できたものはみんな味が単純という【鑑定】さんの評価。ということは、次の工程の瓶に入れた状態でやる『錬金熟成』が『複雑性』を生むってことかしら？
そう、ここからが、私達の国で飲まれているワインとは違う。ワインは瓶に入れられてできたものを早いうちに飲むのが一般的である。私の造るものは、ここからさらに熟成させるのだ。
そんなことを考えながら、次は瓶詰めの状態でさらに錬金熟成を行っていく。私はお酒の美味しさがわかる年ではないので、そこは本のとおりに、だ。

まずは、ペノ・ロワールから。

【ワイン（ペノ・ロワール）】
分類：食材・食べ物　品質：普通（マイナス2）
詳細：造りたての若いワイン。酸味がきつい。味の複雑性はまだ少ない。

【ワイン（ペノ・ロワール）】
分類：食材・食べ物　品質：普通
詳細：少し落ち着いてきたワイン。まだ酸が立つ。味の複雑性がだんだん出てきた。

【ワイン（ペノ・ロワール）】
分類：食材・食べ物　品質：最高級品
詳細：熟成し飲み頃のワイン。スミレの花のような香りと、ラズベリーなどの果物の香りに加え、僅かになめした革のような複雑な香りを持つ。余裕を持って開栓し、空気に触れさせると、酸味が落ち着くだろう。

……え？　【鑑定】さんが絶賛している？
次にメロロー。これはそこまで熟成は要らなかった。

【ワイン（メロロー）】
分類：食材・食べ物　　品質：普通（マイナス1）
詳細：造りたての若いワイン。単純なジュースって感じ。味の複雑性はまだ少ない。

【ワイン（メロロー）】
分類：食材・食べ物　　品質：高級品
詳細：ブラックカラントやプラムなどのよく熟した風味で、果実味豊かなワイン。万人受けし、飲みやすい。

……これは、あまり沢山熟成させる必要はないのね。ここでストップ。
そして最後に、ネッテオーロ。

【ワイン（ネッテオーロ）】
分類：食材・食べ物　　品質：普通（マイナス2）
詳細：造りたての若いワイン。タンニンがきつい。要は渋い。味の複雑性はまだ少ない。

【ワイン（ネッテオーロ）】

分類：食材・食べ物　　品質：普通
詳細：少し落ち着いてきたワイン。それでも渋い。味の複雑性がだんだん出てきた。

【ワイン（ネッテオーロ）】
分類：食材・食べ物　　品質：最高級品
詳細：熟成し飲み頃のワイン。重厚で王者の風格を持った味わい。ベルベットのような滑らかさに力強さを秘めた、香り高く洗練された仕上がり。開栓は余裕を持って早めにして、空気に触れさせると、渋みが落ち着くだろう。

……王様ワインができた！

これで三種類のワインが完成した。

「できたわ！」

私の言葉に、マーカスは瓶を覗《のぞ》き込《こ》んで鑑定しては騒ぎ、ケイトはよくわからないといった顔をする。さあ、お父様とお母様に試飲してもらいましょう！　だって六歳にはわからないものね。

執事のセバスチャンに、ワインの特徴を書いた紙を見せながら、これを夕食の時にお父様とお母様に試飲がてら飲んで欲しいということを伝えた。

「ほう、お嬢様が自らお造りになったワインですか！」

お父様とお母様が普段食事時に嗜《たしな》まれるお酒と、それに合わせた食事のバランスを任されているのが彼である。

「国王陛下への献上品にする予定なのだけれど、その前にお父様とお母様に試飲していただく約束をしていて……でも、こういう飲み物って、食事との相性があるのでしょう？　いつもそれをセバスが考えてくれているって聞いたことがあって、あなたに相談に来たの」

「なるほどなるほど……。それにしても面白いですな。メロローというのは果実味があって、普段から親しみがある味わいなのが想像できますが……残りの二つはとても興味深い」

セバスチャンはあごひげを撫でながら思案をしている。

「……そうですね。お嬢様が書かれた味わいであるとすれば、メロローは豚や強めの味付けの鶏あたりでしょうか。そして、ペノ・ロワールはもっと淡白な……。そうですね、鶏や鴨《かも》なんかが良さそうです。ネッテオーロは、かなりしっかりした味わいのようですから、うーん、雉《きじ》や鹿なんかは負けず合いそうですな！」

セバスチャンは、マリアージュを想像して興奮したのか、かなり盛り上がっている。

「食材の仕入れは朝になりますから、今日のうちに料理長のボブに伝えます。そして、明日からの三日間のお夕飯時に旦那様、奥様に試飲していただきましょう」

こうして、セバスチャンが張り切って試飲を取りまとめることになった。


一日目。

メロローで造ったワインと、メインは豚肉の香草焼きだった。ワインを口にしたお父様とお母様も、「美味《おい》しい！」と好評だった。

「うん、いつも飲むものも果実味があるけれど、これは安定していて深みもあって美味しい。熟したプラムのような味わいだ」

お父様は満足気に頷いている。

「私はこれなら毎日でも飲みたいわ！　フルーティーで厚みもあるのに飲んでいて飽きないもの！」

お母様は毎日飲みたいとまで言っているけれど、それは無理です！

二日目。

ペノ・ロワールで造ったワインと、メインは鴨肉《かもにく》のコンフィだった。

……というよりもまず、【鑑定】さんの忠告どおり早目に開栓してもらったのだが、その瞬間、ダイニングに芳《かぐわ》しい花のような香りが充満して、騒ぎになった。

「何か良い香りがするけど、これはなんだい？」

お父様とお母様がやってくる。すると、セバスチャンが二人に頭を下げ答えた。

「お嬢様のお造りになったワインを開栓したところ、香りが部屋に充満したようです」

呼ばれてダイニングに来ていた私も、花の香りにびっくりする。

「こんなに芳しい香りが広がるワインがあるなんて……」

お父様とお母様が驚いて顔を見合わせている。

食事が始まり、両親が口にしてからも、そのワインは大絶賛だった。

「スミレのような花の香りにラズベリーかしら、果実味もあるのね。それに何かわからないけれど最後に落ち着いた香りもするわ。本当にロマンティックなワインで私は大好きだわ！」

お母様が大興奮している。

「うん、私も同じ感想だな。酸味もあるのに、それでいて落ち着いている。本当に芳しいワインだね」

お父様にも好評だ。


三日目。

ネッテオーロで造ったワインと、雉のソテーだった。

「これは重厚なワインだ。バラ、タールの香りに加えて、ダークチェリーやハーブ……これは美味しい。私はこれが一番好きだな」

「私はこういった重めのワインは苦手だけれど……これだったら飲みやすいわ。私が一番好きなのは昨日のワインね！」

ワインの味のわからない（というか飲めない）私は、お父様とお母様の三日間の反応を見て、おそらく大丈夫そう？　と思いながらも、両親に尋ねてみる。

「それで、今回のワインは陛下への献上に相応しいでしょうか？」

「勿論《もちろん》！」

やったぁ！

両親のお墨付きを貰《もら》って、ほっと胸を撫《な》で下《お》ろすのであった。

そして、執事のセバスチャンはというと、主人への提供前のチェックと称してしっかりワインを味見していた。

◆

国王陛下へ献上させていただく日取りの打診をお父様にお願いすることになった。

「デイジー、献上品に、『ふんわりパン』も加えてはくれないか？」

その日の勤務を終えて帰ってきたお父様が、意外なことを口にした。

私達は会話の場を居間のソファへ変えた。

「あら？　パンはなしって話だったんじゃ？」

ソファに腰を下ろしながら、私は不思議に思って首を捻《ひね》る。

「陛下の侍従長に、面会の調整をお願いしていたら、ちょうど陛下ご自身がお見えになってね。ワインを献上したいというお話を直接お伝えしたんだよ。そしたらね、『その本を見て作ったものはワインだけなのか？　デイジー自身はあの本を楽しんでいないのかい？』と尋ねられてね」

お父様は事情を話しながら、疲れた様子でソファの背もたれへ体重を預けた。

「それで、陛下に『ふんわりパン』のお話をすることになったと……」

私の言葉に、うん、とお父様は頷いた。

「陛下のご家族は、王妃殿下と、第一王子殿下と、第一王女殿下の四人でしたっけ？」

「ああ、そうだよ。それぞれ六歳と三歳になられるお子様がいらっしゃる」

……そうすると『ふんわりパン』だけでもいいんだけれど、もっと小さな殿下方が喜ぶようなものも欲しいなあ、と私に欲が出てきた（王子様は同い年だけれど！）。

ちなみに献上の日は、陛下のご都合が埋まっている関係で、一週間後に決まったそうだ。

「そういうわけでね、献上するパンは全部で八個にして、そのうち半分は何か工夫を加えたパンにしたいのよね」

私は、実験室の椅子に腰かけて、リンゴをベースにした酵母液のもとが入った瓶を振りながら、マーカスに相談していた。今日は良いリンゴが手に入ったのだ。

「王子様達が喜ぶようなもの……甘いもの？　ひらべったくしたパンに載せる？　それとも生地に混ぜる？　いや、それなりに美味しそうだけど、なんか違うなあ」

マーカスが上目遣いに天井を見つめながら思案する。

「パンと……甘いもの……甘いといったらジャムかしら？」

私が答える。

「そうだ！　パンにジャムを挟んで焼くんだ！」

思い付いた！　とばかりにマーカスが机を手のひらで叩く。

「そして、一口食べてびっくり！　中からあまーいジャムが現れる！」

マーカスがうっとりとした表情で続ける。

「『ボブ達に作ってみてもらおう！』」

私達は酵母液を持って厨房《ちゅうぼう》に走ったのだった。


午後のティータイムの時間に、それをお母様とお兄様とお姉様のおやつとして試食をしてもらった。

「うわあ！　パンからイチゴジャムが出てきたよ！」

「私はブルーベリーだわ！」

「私はリンゴジャムのシナモンがけかしら。こんなパン、初めてね」

『驚き』という意味では、アイディアは大成功のようだ。

……が。

「うーん、紅茶がないと、口の中がパサパサしちゃう」

そう言って、お姉様が侍女に紅茶のおかわりをお願いしていた。

「もう少しこう……ジャムだけじゃなくて、しっとりするものを加えられないかしら？」

お母様も、もう一工夫が欲しいらしい。

試作第一品目は、こうして課題を持ち帰ることになったのだ。

……うーん。残念。

今度はボブとマリアを含めて、厨房で四人での反省会となった。

「確かに、これは水分が欲しくなりますなあ」

ボブも一口食べて湯冷ましを口にした。

「しっとりといっても、あんまり水気の多いものだと、パンがビシャビシャになってしまうでしょうねえ」

頬《ほお》に手を添えて、マリアも悩み顔だ。

「ジャムを入れるのが決まりなら、足すのは甘さが控えめのものがいいわよね……プリンはちょっと固くて違うわね。お皿に入れて焼くアレ……カスタードタルト？　あれってしっとり滑らかじゃなかったかしら？」

「あのクリームですか？」

ボブが首を傾《かし》げる。

「あれはトロリとしていて、パンに包むのは難儀しませんかね？」

マリアもできるのかといった顔をする。

「あれよ！」

私は『冷蔵庫』を指さした。……といっても、要は大きな氷を入れておくことで庫内を冷やすというシンプルな構造の保存機だ。

「作ったカスタードクリームをトレーに入れて冷やせば、少し固くなるわ。それを、平たくしたパン生地の上に敷いて、ジャムを載せる。口を閉じて形を整えれば、カスタードクリームとジャムの入ったパンができるわ！」

「では、それで二作目を作ってみましょう！　明日の午後のお茶の時間に合わせて作りますね！」

ボブとマリアが了承してくれた！


次の日は休日だったので、午後のお茶の時間にはお父様もいらっしゃった。

小さな殿下方向けの試作品の試食をお願いしたいと頼んで、またお茶のお供は甘いパンだ。

「わっ、中からクリームが出てきた！」

真っ先にかぶりついたお兄様は、口の端にクリームを付けたまま驚いている。

「あれ、これはパン自体も少ししっとりしているのね」

パサパサ感が嫌だったお姉様も、これは気に入ったようで、感想を述べたあと二口目に入った。

「カスタードが甘すぎないから、私にも食べやすいな」

お父様も大丈夫らしい。

「私も、要望に沿ったものが出てきて満足よ。とても美味しいわ」

お母様もにっこり。

……やったわ！　あっという間にパンはなくなって、みんなに大好評。これならきっと、小さな殿下達にも喜んでいただけるわ！

こうして、ようやく献上の日に向けた品が決まったのだった。

◆

とうとう国王陛下への献上の日が来た。

私が嬉しいのは、こういう時はワンピースがお姉様のお下がりではなくて自分用の新品になることだ。今日は、アップルグリーンの髪に合わせて、それより淡いグリーンのシフォンワンピースを着ている。髪の毛には瞳の色のアクアマリンで形作られた小さな花のヘアピンを付けてもらった。

「お嬢様、可愛らしくできましたよ」

着付けてくれたケイトが目を細めて褒めてくれる。

気分は上々。今日は、頑張ろう！

紐《ひも》でしっかり括《くく》った三本のワインは、重たいのでお父様に持ってもらい、パンは新品のカゴの中に詰めて布を被せ、私が持っていく。

そして、二人で馬車に乗って王城へ向かった。


謁見は、城のかなり奥にある小さめの一室で行われるようだった。献上といっても、仰々しく他の貴族にも見られるような環境で行うのではない。まだ幼い私への配慮なのかしら？

侍従に部屋に案内されてお父様と二人、ワインとパンの入ったカゴをテーブルの上に置き、陛下がいらっしゃるのを待つ。

やがて、国王陛下と王妃殿下、そして第一王子殿下と王女殿下と思《おぼ》しき子供が侍女に抱かれて部屋へやってきた。そして、【鑑定】持ちのハインリヒもあとから入室する。

「大勢で済まないね。今日は礼儀とかいいからね。気楽にしてくれ」

国王陛下は部屋に入るとすぐに着席を促した。

「『ふんわりパン』があると言ったら、ウィリアムが食べたいと言い出して聞かなくって……」

王子殿下の居住まいを正しながら、王妃様も少し苦笑いだ。

「だって母様、パンがふんわりだなんて聞いたことないもの！　僕はすぐにでも食べてみたいんだ！」

そう言って、幼く口をとがらせてお母様に抗議したあと、殿下が私の方に向き直る。

「君がパンを作ったっていうデイジー？」

ニコニコと笑って、エメラルド色の瞳がじっと私を見てくる。

「はい。今すぐご試食なさいますか？」

王子殿下に笑顔で尋ねながら、国王陛下と王妃殿下に視線を向ける。勝手に渡すわけにはいかないからだ。

国王陛下は、視線でハインリヒに指示を出す。私はテーブルの上に置いたパンの入ったカゴの上に被せた布地を取り去る。ハインリヒはカゴの中のパンを一つずつじっくりと確認し、最後に陛下に頭を下げた。要は、『体に害をなすものは入っていない』ということだろう。

「デイジー、私の息子のために、今一つ頂いてもいいかい？」

「はい、でしたら、こちらの四つのうちのいずれかを召し上がっていただければと……」

そう言って私はカゴの中のパンのうち、例の『甘いパン』を指し示す。

「ウィリアム、どれを頂こうか？」

陛下は、カゴに向かって身を乗り出す我が子の体を支えてやっている。

「僕、これがいい！」

むんずとパンを一個掴《つか》んだ。

「……わ。パンがむにってしてる」

殿下は、驚いた顔をして、パンをじっと見る。そして、パクリ、と一口かぶりつく。

ぷにゅっとパンの脇からジャムとカスタードクリームが少しはみ出して、殿下の口の端にくっついた。その顔は非常に愛らしい。

……が、侍女が慌ててハンカチを出してきて、殿下の口元を拭ってしまった。

「わー！　柔らかくてとろとろのクリームが入っていたよ、父様！」

口に入れたものを咀嚼《そしゃく》し、こくんと飲み込んでから、殿下ははしゃいで陛下に報告する。

「美味《おい》しいかい？　ウィリアム」

もう一口目をかぶりつきに行く王子殿下の頭を優しく撫で、殿下の様子に目を細めて見守りながら陛下が尋ねる。

王子殿下はうんうん、と頷きながら、パンに夢中になっていた。

そこに、もう一人の小さい方がぽつりと呟《つぶや》いた。

「……くりぃむ」

王妃殿下のお召し物の裾を、くいっと引っ張って、舌足らずな口調でおねだりをする。

「デイジーさん、マーガレットも欲しいと言うので、一つ頂くわね」

王妃殿下が、小さな殿下方の要望に困った顔をしながら私に告げる。私は、ただマーガレット王女殿下が舌っ足らずにご所望する様子が可愛らしくて、ただただにっこり笑って「はい」と答えた。

王妃殿下は、『甘いパン』を一つ手に取って、小さな欠片《かけら》をちぎる。

「まあ、本当に柔らかいのね」

そのパンをちぎる時の手の感触に、瞳を瞬かせる。小さな切片には端すぎてクリームが付かなかったらしく、大きな方から中のジャムとクリームを掬いとり、王女殿下のお口に入れてあげている。

王女殿下は、あむあむ、とゆっくり咀嚼して、こっくんと喉を動かす。

「くりぃむ、あまぁ……」

にまぁっと、嬉《うれ》しそうに表情を崩して笑う殿下はとっても可愛らしかった。

殿下方の様子に、甘いパンも加えて良かった！　と私は心から嬉しくなった。

すっかり部屋の中心は小さな殿下方になってしまっている。そこに、陛下が済まなそうに私達親子に話題を向ける。

「この、『ふんわりパン』といい、ワインといい、珍しいものをありがとう。お礼といってはなんだけど、デイジーは今欲しいものとか何かないのかい？」

……うーん、あるにはあるんだけどなあ。試しにお伺いしてみちゃう？

「実は『遠心分離機』という器具を探しておりまして……」

「『えんしんぶんりき』？　聞いたことのない名だな」

陛下は首を捻《ひね》る。

「では、もしどなたかが販売している店や、作製可能な職人をご存知《ぞんじ》だという情報がありましたら、私に教えていただけますととても嬉しく思います」

……やっぱりダメだよね。実は私も探して見つからなかったんだから。

「ちなみにデイジー。その『えんしんぶんりき』とやらでは何ができるのだ？」

陛下は、その未知の機械の使い道が気になったようだ。

「牛などの乳を、成分の濃いクリームという部分と、残った薄い部分に分けることができるのです。そのクリームに砂糖を入れて泡立てると、『クレーム・シャンティ』というとても濃厚で滑らかなデザートができると本に書いてありまして……。食べてみたいなあ、と」

最後は、食い意地が張っているような自分の発言が恥ずかしくなって、頬が赤くなってしまった。

「なるほどなるほど、それは確かに賞味してみたいものだ、なあ、妃《きさき》よ」

「そうですわねえ、どんなデザートなのでしょう」

王妃様も、陛下の言葉に答えるように頷かれる。

「少し、配下のものに探させてみよう」

少々待っていてくれ、とおっしゃってくださった。

その後は、結局小さな殿下方が食べ終わるまでしばらく雑談をし、解散となった。

後日、陛下からはお手紙でワインとパンのお礼を頂いた。

ワインについては、お礼の言葉と共に、それぞれ異なる味わいや香りについての感想が綴《つづ》られていた。陛下と王妃殿下は、お二人でそれぞれの好みや評価を語り合うことで、楽しい時間を過ごせたそうだ。

……贈り物を喜んでいただけて良かった！

その後『ふんわりパン』は、王家の食卓にも採用したいという陛下からのご依頼があり、定期納品の品に『錬金酵母』を追加すると共に、ボブ達から王室の調理人達へ『ふんわりパン』の作り方をご教授させていただくことになった。王子様達は、パンが『ふんわりパン』に変わったことに大喜びをなさっているらしい。

第十章　七歳の誕生日と新しいお友達

私は七歳になった。

国王陛下は『遠心分離機』を約束どおり探して、少し時間は経《た》ったが私の七歳のお誕生日プレゼントとして贈ってくださった。

……嬉しいわ。これで、憧れの『クレーム・シャンティ』を作れるようになる！

そして、今年は魔導師団長さんと騎士団長さんの連名で『毒消し草』の苗を頂いた。お父様の説明だと、魔物狩りの遠征でこういった薬草類があるところに行ったそうで、『いつもの納品のお礼に持って帰ってプレゼントしよう』ということになったらしい。

でもなんで私が苗を欲しいか知っているのかしら。あ、商談の時、畑で材料を育てているって言ったわね。

誕生日プレゼントが遠心分離機と毒消し草の苗、か……。

……世の中にはこんな令嬢もいるのね。私だけれど。

まあでも、自分がまだ子供であることもあって採取に行けないのがネックだ。そのおかげで、新しいポーション作りができていなかったのも実情で、ありがたいプレゼントである。二株あるから、土に慣れて質が上がってきたら早速使おうっと。

あー！　早く採取に行けるように大きくなりたい！

現状の不満はひとまず置いといて、私は、贈り物をくださった皆さんにお礼状をしたためて、ポーションを添えてお送りすることにした。

◆

その後、私には頂いた『毒消し草』のことでちょっとした欲が出てきてしまった。

……どうせ作るなら強力解毒ポーションを作ってみたいわ。

普通の解毒ポーションは、毒消し草と水と魔力草で作れる。市場にも多く出回っているものだ。

だが、これで治るのは一般的な毒である。

そして世の中には、これでは解毒できない毒に犯される場合がある。

一つは、高レベルモンスターからの被毒。そしてもう一つは、暗殺に特化して作られた、強力かつ特殊な毒を盛られた場合である。

そういった毒を治すには、強力解毒ポーションが必要になる。しかし、これは市場にはほとんど出回らない。というよりもほぼ存在しない。なぜかというと、材料に『マンドラゴラの根』が必要だからだ。

マンドラゴラは、非常に珍しい魔物で、花のように土に植わっている。しかし、その根を奪おうと土から引き抜くと、世にも恐ろしい叫び声を上げるので、叫び声を聞いた人は死んでしまうのだという。

でも、良くしてくださっている魔導師団と騎士団の皆さんが望んでいるのは、強力解毒ポーションのような気がするのだ。だって、普通の解毒ポーションなら手に入るのだから。

だから私は、頂いた苗を畑の空いたスペースへ植え、その前でしゃがんで座り込んだままの令嬢らしからぬ格好でため息をついていた。

「どうしたの？　デイジー」

ふよふよと緑色の妖精さんが飛んできて私の肩に止まった。

「うーん、マンドラゴラの根っこが欲しいの。でも、私はまだ子供で、マンドラゴラを討伐に行くお許しは得られないし……そもそもマンドラゴラって叫び声を聞くと死んじゃうんでしょう？」

私は両手で頬杖《ほおづえ》をついてため息《いき》をついた。

「ちょっと待って、デイジー！　マンドラゴラは妖精の仲間よ！　討伐？　殺すなんてとんでもないわ！」

待って待ってと慌てて私の周りをクルクル回る妖精さん。

「あれ、妖精さんなの？　それじゃあ、あなた達のお友達よね。……なおさら入手は困難かあ。困ったなあ」

「うーん、ちょっと待ってね。できたらなんとかしてあげるわ！」

そう言って、妖精さんは空高くどこかへ飛んでいってしまった。


数日後。

私の畑の空きスペースに、何かが二株勝手に植えられていた。一つは赤の、もう一つは青いマーガレット状の花。どちらの花にもなぜか愛らしい人の顔が付いていて、その小さな口で楽しそうに歌を歌っていた。私は驚いて、ペタンと地面に尻もちをついた。

「か、顔……歌ってる……」

私は震える指で彼らを指さす。

「初めまして、デイジー、僕達が必要と聞いてやってきたよ！」

青い花がしゃべった！

「この畑はとても素敵な畑ね。前の精霊の木の周りも良かったけど、ここはもっと埋まっていて気持ちがいいわ！」

続いて赤い花もしゃべった！　私は呆然《ぼうぜん》として尻もちをついたままだ。

「マンドラゴラ達を連れてきたわよ」

そこへ、例の緑の妖精さんがやってきた。

「あのね、彼らここの土が気に入ったんですって。だからね、この土に慣れたら根っこが丈夫になるから、そうしたら分けてあげてもいいって」

妖精さんの言葉に、うんうんと頷《うなず》く顔つきマーガレット達。

「でもね、勝手に引っこ抜かないでね！　僕達が自分で引き抜いて分けてあげるから！」

「無理に引っこ抜かれるとびっくりして叫んじゃうかもしれないから～！」

「それはやめて～！」

ちなみに、引っこ抜かれたら叫ぶけど、びっくりさせるだけで死んだりはしないらしい。驚いている間に根っこを足にして走って逃げるそうだ。なので、家族には危険がない。良かった……。

あとで聞いた話だが、叫び声を聞くと死んでしまうという伝説は、乱獲を恐れて色んな妖精さん達に頼んで撒《ま》いてもらった嘘《うそ》がもとになって広がったものなんだって。

こうして、私の畑にまた奇妙なお友達が増えたのだった。

閑話　南の森の異変

デイジーが七歳の誕生日を迎える少し前。

王都周辺の巡回任務にあたっていた兵士のうち、南方を周っていた団から異変を知らせる一報が、上長である軍務卿《きょう》のもとへ上がっていた。

『王都南の森の魔獣達に、魔獣同士で争うなどの異常行動が見られ、興奮状態にあると思われます。念のため、魔獣が王都へ進撃してきた場合の対応について想定しておいていただきたい』

その一報を受け、陛下と軍務卿が内密に話をしていた。

「軍務卿、これをどう見る」

陛下が軍務卿に意見を求める。

「王都の民に周知するにしても時期尚早かと存じます。密《ひそ》かに王都周辺の警備を強化しておくのであれば、徒《いたずら》に国民を怖がらせることもなく済みましょう」

陛下はその回答に頷かれる。

「ああ、そうだ。冒険者のレティアとマルクの所在は確認しておいてくれ。王都から離れているのであれば、王都への帰還命令を出しておくように。いざという時に彼らは戦力になるからな」

「承知しました」

そうして、二人の内密の打ち合わせは終わったのだった。

第十一章　緑の精霊王との邂逅《かいこう》

私は頂いた遠心分離機で『クレーム・シャンティ』を作るために、マーカスとケイトと共に新鮮な牛乳を求めて市に行くことにした。

早朝の軽やかな朝の日差し、どこかの梢《こずえ》から聞こえる小鳥のさえずり声。爽やかな、いつもの朝の始まりだった。だが、突然何かから逃げるように大勢の鳥達が木々から大空へ飛んで行った。

あら？　鳥さんどうしたのかしら。それに、いつもこんなに警備の衛兵さんっていたかしら？

私はそんな違和感を覚えて辺りをきょろきょろ見回していた。

「デイジー様、どうかされましたか？」

ケイトがきょろきょろする私を気にして声をかけてきてくれた。

「なんか、今朝ってちょっと街がざわついていない？」

「うーん、さほど感じませんがねえ」

ケイトはそんなに気にならないようだ。だったら、私の気にしすぎだったのかしらね。私はそれ以上気にせず、街の中央で開かれているはずの市へと歩みを進めることにした。

市につくと、さっき気になったざわつきなど嘘のように、人々で賑《にぎ》わっていた。

「果物はいかがかね！　もぎたて新鮮だよ！」

「野菜！　野菜なら俺のとこが一番新鮮だ！」

そんな声が飛び交う中、私達三人に声をかけてきたおばさんがいた。

「お嬢さん達！　それは牛乳入れかい？　うちは色んな種類の乳牛を飼っているから、相談に乗るよ！」

乳牛にも色々あるのね。初めて知ったわ。私達三人は目配せして、その店で牛乳を選ぶことにした。だって、親身になって相談に乗ってもらえそう。

「おはようございます。私、牛乳からクリームをとりたくて、牛乳を買いにきたんです」

私はおばさんに市に来た理由を説明した。

「なるほどね。そうすると脂肪分が多くてコクがある品種がいいだろうね」

そう言いながら、奥にいる旦那さんらしき男性に相談してから、一つの入れ物を指さした。

「これは、赤毛牛っていう種類の乳牛なんだけれど、コレならたっぷり餌を食べて濃厚な乳を出すから向いているよ！」

「じゃあ、それを頂こうかしら……」

と私が言いかけたところで、奥にいた男性が、私の相手をしているおばさんに何事か慌てた様子で声をかけてきた。

「なにごと？」

私はあたりをきょろきょろと見回す。市のあちこちが騒がしい。

「避難命令だ！」

そんな声が市のあちこちに飛び交い、市の物売り達は慌ただしく店じまいを始める。

「お嬢さん達も！　避難命令だ！　早くおうちにお帰り！」

おばさんに、突然帰るように急《せ》かされる。私達三人は、顔を見合わせた。

そしてその時だった。一人の衛兵の怒鳴り声が聞こえてきた。

「南からはぐれ魔獣がやってくるぞ！　街の人間は貴族街に入っても構わん！　北側へ避難を急げ！」

「戦える兵士、騎士、冒険者は応戦準備だ！　急げ！」

街の衛兵の声に、早朝の街が騒然となる。着の身着のまま家族で逃げ出す者、家財をまとめるのに苦心する者など様々だ。

「私達も急いで屋敷の方へ戻りませんと」

ケイトが慌てて私とマーカスを促した。私達は自分の屋敷へと走った。


「デイジー様、早く避難の準備を！」

自宅に到着した私は、ケイトの指示どおり、避難の準備をしようとして私の部屋へ向かった。

向かったのだけれど……。

……逃げる。それでいいのかしら？　ふっと疑問が浮かぶ。

魔獣が王都に来るってことは、戦いになるわ。そして戦いになるということは、沢山の怪我《けが》人が出るかもしれないのよね。当然お父様も向かわれるはず。確かにお父様は強いわ。でも、万が一ってこともあり得る。

……そんな中で、逃げてぬくぬく守られているの？　そうね、本来子供ならそれが正しい。でも、子供でも、『私』にはできることがあったはずよ。

そうよ！

私は心の中で叫んだ。

私は『錬金術師』！　怪我人を救うことができる！　だったら、後方支援ならできるはずよ！

私にできることがあるのならば、私はそれをするわ。たとえあとで叱られても、これだけは譲れない。だって、行動しなかったことを悔やむのは嫌だもの！

私は、自室に向かうのをやめて、廊下を、ケイトが誘う方向とは違う方へ駆け出した。

「デイジー様？　どちらへ？」

私は、逃げるのに持って行きたいものがあると言いわけをして、お父様のお部屋へ入る。

……ケイト、嘘ついてごめんなさい。

そして、お父様のクローゼットから大きめのサイドバッグを失敬して、今度はケイトの目に止まらないように辺りに注意しながら実験室へと走った。作り置きやマーカスが練習で作ったポーションなどを、ありったけバッグの中に放り込む。

「マーカス！　魔獣が来るわ！　ポーションとハイポーション、あと、マナポーションね。作り方は覚えているわよね？　ここであなたは新しいポーションを作ってちょうだい！」

マーカスがこの屋敷に来て約一年。基本のポーション類の作り方は彼に教えてあった。

「了解！　お嬢はどうするんだ」

マーカスはすぐにテキパキと機材や必要なビーカーを揃え出す。

「私は前線の人に、ポーションを配ってくるわ！　マーカスは、ある程度の数作れたら南門に持ってきて！」

「前線ってお前、危な……！」

マーカスの制止の言葉を振り切って私は街の南に走っていった。


王都の南門は、屈強な大人達が大勢集まり、緊迫した雰囲気だった。私は、背後から急に肩を掴まれ引っ張られる。

「おい！　子供がこんなところにいちゃダメだろう！」

それは、美しい長い黒髪で、黒い革鎧《よろい》に身を包んだ女性剣士だった。その彼女の黒曜石の瞳が私を咎《とが》める。

「私は子供だけれど錬金術師です！　後方支援をしたくて来ました！」

そう言って、サイドバッグを大きく開き、中に入った沢山のポーション類を見せ、彼女の強い視線に挑むように睨《にら》み返《かえ》す。

「レティア、子供をそんなに虐《いじ》めるなよ」

茶色い癖毛の、やはり冒険者らしい男性が、私を叱る女性を『レティア』と呼んで引き止めた。

「マルク……私は虐めてなんかいない！　子供だぞ！　ここにいていいわけないだろう！」

だが、こんな場所に子供の姿を見てカッとなった感情は収まったらしい。

「……絶対に門の外に出るな。危なくなったら一番に逃げろ。いいな」

そう言って、彼女は人混みの中に埋もれていった。おそらくは、門の前の最前線で待つために。

そして、マルクと呼ばれた男も「無理すんなよ」と私の頭をクシャリと撫《な》でて、彼女を追って行ってしまった。

「開門するぞ！　総員、直ちに陣形を整えろ！」

その声に、ざわついていた門前を、緊迫した静けさが支配した。

ギギィ、と木の軋《きし》む音と共に観音開きの南門が開いていく。

剣士や重騎士、武道家といった前衛職は門の外、もしくは門の警護に。そして、魔導師や回復師達は櫓《やぐら》へと上っていく。

そして、人々の隙間から覗《のぞ》き見《み》た門の向こうの草原には、大きな土煙がこちらへ向かってまっすぐ立ち上がっているのが見えた。……多分、敵は大きい。

そして、人影を見てその獣は足を止めた。その隙に前衛職の人間が獣の周囲を囲む。

その獣の血走った赤い目は、怒りに燃えている。そしてその巨躯《きょく》は、人のそれを容易く凌駕《りょうが》する。

怒りに逆立った体毛は鋭く、人の皮膚など容易に傷つける。額に生えた巨大な角と口の両脇に生える二本の牙は、人の身体など一瞬で蹂躙《じゅうりん》するだろう。

……ベヒーモス、それがその獣に与えられた名前だった。

戦士達に囲まれたその獣は、二本足で立ち上がってその巨躯を誇らしげに晒《さら》して、嘶《いなな》いた。

まずは、魔導師達による足止めだ。

「「氷の嵐《アイスストーム》！」」

足元を狙った氷結攻撃による足止めを試みる魔導師達。

ピキッとベヒーモスの前足を氷が覆う。

「「やったか！」」

……しかし、その氷は獣の足払いにより、虚《むな》しくパラパラと剥《は》がれ落《お》ちていく。

「天の怒槌《ヘブンズサンダー》！」

ベヒーモスの頭上から一筋の稲光が走り、麻痺《まひ》・スタンの状態異常を狙う。

頭上に怒槌を落とされ、じっと固まるベヒーモス。

「今だ！」

後ろ足を狙った剣士が二名、両足元へ走り込む。

しかし、ドガッという鈍い音と共に、一人は腹を、もう一人は肩を蹴られ、地面を抉《えぐ》りながら南門にぶつかり意識を失った。おそらく腹をやられた男は口から血を流しており内臓がやられている。肩をやられた者は骨が砕けているのか、腕がだらりとおかしな方向を向いている。

「誰か！　早く奴《やつ》らを回復しろ！」

だが、その指示が出る頃には、戦場が混戦状態となり、前衛組は斬り込みに行き返り討ちにあい、回復師はその戦士を治療するのに追われていた。

「私、ポーションあります！」

叫んで、崩れた門にもたれ掛かる腹をやられた剣士にポーションを飲ませる。そして、次に肩をやられた剣士の肩に、今は効果二倍に上がっているポーションをかける。

「……っあ、助かったって、子供？」

腹をやられた剣士が意識を取り戻し、血の流れた口元を拭う。

「腹部の痛みは？」

私は彼に確認する。

「……ない。ありがとう、恩に着る」

そう言って立ち上がると、再び前線に走っていった。肩をやられた剣士も、治った肩を回して不思議そうにしながらも、私に頭を下げて前線へと戻っていった。

櫓の上で声が聞こえた。

「もうマナポーションがないわ！　誰か！」

叫ぶ回復師の女性の足元から、私は、「これを使って！」と、マナポーションを投げて渡す。

「……何これ、全快しちゃったわ……」

私のポーションを飲んで、その女性が驚いて呟く。

「みんな、あの子のポーションはよく効くわ！　ポーション切れの人は彼女に声かけて！」

そう言って、私を指さす。ざっと皆が私を見た。その中には櫓の上に陣を取るお父様もいた。お父様はこんなところにいるはずのない私の姿を見つけ、驚愕《きようがく》している。

言いわけをする間も与えられず、一人の男に助けを求められる。

「こいつ、角で利き腕をちぎられている。治るか？」

その男性に連れられ、ぐったりと横たわる腕のちぎれた男性のもとへ急ぐ。私は、「やってみます！」と答えてから、サイドバッグからハイポーションを取り出す。

そして、横たわる彼の体の右側のあるべき場所に、ちぎれた腕を置く。バシャッとそのちぎれた腕と、ちぎられた側の患部にポーションをかける。

すると、両方の断面から、骨、肉や筋肉が盛り上がってやがて結合し、神経や血管といった細かな組織も繋がっていく。そして、新しい皮膚に覆われ、見た目は完全に回復した。

「……すげえ。お前、痛みとか、違和感は？」

私を連れてきた男が、横たわる男に尋ねる。聞かれて男は、治ったばかりの利き腕を動かす。

「……なんもねえ。古傷まで治って前より調子がいいぐらいだ……」

様々な動作をしたあと、再び彼は剣を強く握る。

「お嬢ちゃん感謝する。礼は、やつの命だ！」

そう言って、戦場へ向かって走っていった。

その後も、私は基本門の中でポーションがなくなってしまった人や、重傷者の対応に当たった。

ベヒーモスとの戦いは長期化の様相を呈していた。人間側がこれという決め手に欠けているのだ。

戦闘に参加している騎士団や魔導師団、冒険者達が一丸となって戦っているが、伝説級の魔獣であるベヒーモスには、なかなか致命傷は負わせられないでいる。幸いなのは、伝説級のベヒーモスといっても、その中では小さい個体だったことだ。

だが、ベヒーモスの最大の武器である角と牙は、未《いま》だ誰も折ることができず、そして、足止めもできていない。

その中でも、善戦しているのは、私を門前で叱ったレティアという女剣士と、マルクという名の重戦士、利き腕を取り戻して再び戦場へ向かって行った名も知らぬ冒険者であった。お父様達王宮魔導師の皆も頑張って応戦している。

私はその彼らを少しでも支えるべく、必要なポーションを望まれるとおりに無償で提供していた。

「灼熱火炎地獄《インフェルノ》！」

お父様がそう唱えた。するとお父様の掲げた両手の中に大きな炎が渦を巻く。

「ベヒーモスの周囲の戦士達、周囲から離れろ！」

魔導師団から指示が飛ぶと、ベヒーモスに群がっていた戦士達は一斉にその場から退いた。

お父様がその両腕をベヒーモスに向け、渦巻く火炎を叩《たた》き付ける。すると、その炎は、ベヒーモスを取り囲んだ。振り払おうと暴れても執拗《しつよう》にまとわりつき、その身をじゅうじゅうと焼いていく。辺りに獣の毛、皮、肉が焼ける臭いが充満する。ベヒーモスは苦痛に苛《さいな》まれ、怒り、暴れ狂う。

やっとその身から炎が消える頃には、ベヒーモスは瞳の水分を奪われ、視力を失っていた。

「さすが【劫炎《ごうえん》】のヘンリー様！」

魔導師団からは、お父様の魔法の威力を見て歓声が湧き上がり、魔導師達の士気が上がる。

……お父様に二つ名があったなんて知らなかった。やっぱりお父様はかっこいい！

私は尊敬の目で見上げながら、櫓の上のお父様にマナポーションを下から差し出した。

「ありがとう……だが、あとで話を聞くからな」

手を差し出し、マナポーションを受け取りながらもお父様に言われてしまった。

……やっぱりあとでお説教よね。

「きゃあぁぁ！」

だが、湧き上がった喜びもつかの間、叫び声が上がる。視力を失い激昂《げきこう》したベヒーモスがむちゃくちゃに暴れ出したのだ。未だその角と牙は健在。非常に危険だ。そして、その凶器を持ったまま、目も見えず、ただ感じる人の気配だけを頼りに特攻を試みたのだ。

「危ないっ！」

マルクがレティアに向かって駆け寄り、ベヒーモスの特攻に巻き込まれそうになったレティアを庇《かば》う。と、その時にちょうど運悪くベヒーモスの牙に、マルクの腹は深く抉られてしまった。

「ぐっあ……」

マルクは腹を押さえて、痛みに顔をゆがめて脂汗をかく。

「マルク！」

マルクに庇われたレティアは、地面に這《は》いつくばってベヒーモスの特攻が通り過ぎるのを待つ。

「済まない、ポーション切れだ。痛みはしばらく我慢してくれ」

そう言って、安全を確認すると、レティアはすぐにマルクを肩に担いで、門の中まで待避した。

「誰か！　誰か！　ポーション……」

「私が診るわ。ポーションもある！」

助けを求め叫ぼうとするのを制し、私はマルクの抉れた腹を見る。見た目のえぐさ、夥《おびただ》しく流れる血、そして内臓の臭い。一瞬、それらに、嘔吐《おうと》感が込み上げる。が、私はかろうじて我慢した。そんな場合ではないのだ。

「子供が何を……！」

レティアは私に抗議をする。でも、子供でも錬金術師の私には、今やれることがある。

「そうよ、私はまだ子供！　だけど錬金術師としてできることがあるの！」

私は、レティアにというよりも自分に言い聞かせるように叫んだ。

「内臓を一部持っていかれているから、ハイポーションを使うわ」

そう言って、その傷口にハイポーションをかける。すると、欠けた内臓が盛り上がりもとの形を取り戻し、綺麗《きれい》に腹の中に納まっていく。そして、筋肉や肉や脂肪、表皮といったものが覆い被さり、無惨な傷跡がなかったことになる。

「……っは！」

マルクは激痛が消えたことで楽になったようで、大きく息を吸い込む。荒い呼吸を何回か繰り返したあと、呼吸は次第に落ち着いていく。……もう大丈夫だ。

「マルク！」

レティアはマルクを抱きしめ、肩を震わせて泣いていた。

「……ダメかと思った……」

マルクは腕を伸ばし、レティアの頭をポンポンと撫でる。

「……ばぁか。俺いなかったら誰がアンタの面倒見んの」

レティアはマルクの胸に顔を埋《うず》めていた。

「お嬢！」

ポーションを追加作製していたマーカスが、人混みをかき分けて走ってくる。

「マーカス！　まだまだポーションが足りないわ！　あなたも配って！」

私はやってきたマーカスに指示をする。

マーカスが、周りの声に応えながらポーションを配布し始めた。

私は、傷ついた戦士達を見る。傷だらけながら戦士達を蹂躙して暴れ回る魔獣を見る。

「……妖精さん、精霊さん、精霊王様。私は傷つく人を見守ることしかできないのでしょうか」

治療してきた戦士達の痛々しい傷跡が、私の脳裏によみがえる。私にできることは、傷ついたあとの回復だけだ。傷ついた人々を見るのは悲しい。だって治るといったって、受けた傷の痛みは相応に感じるのだ。彼らの痛みが自分の痛みのように辛い。

私の頬《ほお》に一筋の涙が伝って、足下に生える雑草ともいえる小さな葉に、ぽろりとこぼれおちた時。

……頭の中に、その声がした。

『……デイジー。何をそんなに泣く』

私の周りが緑の光に包まれて、厳かでいて優しい声が頭に響く。

私はその声に答える。

「私には皆を守る力がありません。それが悔しいのです。まだ子供だから仕方がないのでしょうか。でも、それでも、皆が傷つき苦しむのが悲しくてならないのです」

私は、自分の広げた両手を眺め見下ろし、そのあと、爪が食い込むくらいにギュッと握りしめる。

……私は無力。みんなが傷つくのを見ているしかないのが、悲しくて辛いの！


緑の強い光はやがて人型をとり、葉っぱの羽を持った成人男性の姿になった。髪は長く、頭部には若葉の付いた枝を編んだ冠を戴《いただ》き、背後からは緑色のまばゆい後光がさしている。

『泣くなデイジー、そなたは無力ではない。泣くな我が優しき愛し子《いとご》……。あやつは人と魔物の領域を弁《わきま》えず侵し、本来ここに生きるものを傷つけすぎた。我は緑の精霊王、我はそなたの守護者なり。そして我が愛し子の嘆きは我が嘆きである。……力になろう』

「せいれいおう、さま……なの？」

私が信じられないといった思いで確認すると、一つ頷かれて、精霊王様は愛しげに瞳を細めて私の頬に手を添える。その手は大きくて温かくて、悲鳴を上げる私の心を優しく宥《なだ》めてくださる。

そして、『力になる』と、そう、緑の精霊王様が宣言したとおり、あたりの木々、草花、ありとあらゆる『緑の眷属《けんぞく》』が緑色に発光する。そして、緑生える地面や大木から、茨《いばら》の付いた緑の蔦《つた》が生え、ベヒーモスに一斉に向かっていく。

そして、茨の蔦がベヒーモスの身体中《からだじゅう》に絡み付き、その動きを封じた。ベヒーモスが振りほどこうともがけばもがくほど、その縛めはきつくなり、茨が獣の表皮を貫いて苛む。

やがてその最大の凶器である角と牙を動かすことも敵《かな》わなくなった。

「「今だ！」」

魔導師団や冒険者の魔導師達は、一斉に魔法を放出する。その魔法に傷ついてもなお、縛めの蔦は新たに再生して獣に向かっていく。

「マルクの借りだ！」

立ち直ったレティアが走る。縛められた獣の前まで来ると高く跳ね、その眉間に向かって、全体重をかけ剣を深々と突き刺した。ベキベキと硬いものを破壊する鈍い音がする。

その刃は、とうとう獣の頭蓋を貫通し、その内部を破壊した。

ドウッ……と土埃《つちぼこり》を巻き上げながら、獣が倒れた。

すると、ベヒーモスを縛めていた蔦は緩んで地中に戻っていき、やがて地上から姿を消した。

『デイジー、我が愛しい子。もう泣くことはないぞ……。ではな』

「あっ……」

名残惜しさに私が小さな声を漏らすと、緑色をした精霊王様が、私の瞳に残る涙の跡をそっと指の腹で拭い、額に温かな口付けの温度を残して、すうっと空気に溶けていくかのように姿を消したのだった。

魔獣ベヒーモスが倒されて、王都に平和がもたらされた。

戦いに身を投じていた者達は、安堵《あんど》の息を吐き、中には脱力したようにどっと地面に、またある者は櫓《やぐら》の床に腰を下ろす。あちらこちらに笑顔が浮かび始める。喜びの声や勝鬨《かちどき》の声も聞こえる。

私とマーカスは、そんな前線で活躍してくれた皆さんの周りを走り回って、ポーション不足の人にポーションを配って歩いていた。

そんな時だった。私は、見知らぬ騎士に両肩を掴まれた。

「……君は聖女か？　我々を助けてくれた蔦がベヒーモスを捕らえる前、君は緑色に強く光っていた。君が私達を……国を守ってくれたのか？」

その声に、周囲の目も一斉に私に向けられる。

「……ちょっといいかな」

お父様が、人垣をかき分けて私のもとへやってくる。

「お父……」

「……しっ」

お父様と呼ぼうとするのを、軽く口元に手のひらを添えられて制止される。

「……この子は私の知り合いの子でね。少し借りるよ」

一介の騎士が、魔導師団の副魔導師長に不服を唱えることはなく、私はお父様に手を取られ、その場を立ち去った。


マーカスを探し出して騎士に送らせ、私はお父様と共に王城へと向かう馬車に乗った。

しばらくの間、馬車の中は沈黙が支配していたが、お父様がようやく口を開いた。

「あんな危険なところに来るなんて！　姿を見つけた時は肝を潰したぞ！」

そう言って、お父様に頭をゴツンとされた。そして。

「……無事で良かった。君に何かあったらと、どんなに心配したか」

ため息を吐くように漏れる言葉と共に、お父様の大きな体に優しく抱きしめられた。お父様のわずかに震える指先に、お父様が私を見つけた時の驚きや、私の身に何かあったらといった恐怖、そして、無事にこうして腕に抱けることの安堵と喜びを感じる。

「お父様。……心配をかけてごめんなさい」

お父様が私を愛《いつく》しんでくださる想《おも》いを全身で感じ、そんなお父様を心配させてしまったことを反省する。そして、その想いを込めて、目を閉じて腕を背に回した。

そして、長い抱擁のあと、ゆっくりと体が離れていく。

「……きちんとした話はあとで聞くとして、先に確認したいのは、あの騎士の言っていたことだ。デイジー、君は聖女なのか？」

お父様は真面目な顔で私に確認する。

「いいえ、違います。私は緑の精霊王様の加護を持っているだけで……あ」

その時、私は何か心の中に違和感を覚えた。

『愛し子』と言ってくださった精霊王様のお言葉。

確認のために自分に対して鑑定をかける。

【デイジー・フォン・プレスラリア】

子爵家次女
体力：50／50　魔力：525／525
職業：錬金術師　スキル：（鑑定（5／10））錬金術（4／10）、風魔法（4／10）、
土魔法（3／10）、水魔法（2／10）（隠蔽）
賞罰：なし　ギフト：緑の精霊王の愛し子

「確かに以前はご加護を頂いていただけでした。でも、今【鑑定】で確認したら、『緑の精霊王の愛し子』と……。私は、あの場で、人が傷ついていく様子を見ていることしかできない自分の非力さが辛くて……。それで泣いてしまったら、精霊王様が私の前に来て、私の願いを聞き届けてくださったのだと思います……」

「……そうか。デイジー。私は君を護《まも》りたい。だから、君が今後どう生きていきたいか、お父さんに教えてくれないかな。他の誰かにこのことが知られる前に、君が本当に望む生き方を、君の父親として知っておきたいんだ。君の本当の気持ちを護るためにね」

そう言って、お父様の掌《てのひら》が私の頬を撫でる。その滑り落ちた大きな手は、私の小さな手をギュッと握りしめる。

「君の『精霊王の愛し子』というギフトは、どんな国の王妃の座も望めば手に入るくらいの存在なんだよ。いや、利用しようと奪い合ってもおかしくない。だから、お父さんは君が心配なんだ」

お父様の視線は真剣で、我が子に与えられた大きすぎる祝福に不安で揺れている。

「……本当はこんなことを考えさせるような歳ではないのに……」

続けてお父様はそう小さく呟《つぶや》いて、下唇をキリ、と噛《か》みしめる。

「お父様、私の将来の願いは既に固まっています。私のことでそんなに悩まないでください」

にこり、とお父様に笑いかけ、噛みしめている下唇をまだ少女の細さの指で触れて、指摘する。

「唇が切れてしまいますよ、ね？」

私の言葉に、お父様は少し表情を和らげる。

「君の将来の願いとはなんだい？」

「私の願いは、この国の一介の錬金術師として独立し、アトリエを持つことです。そのアトリエは、身分の貴賎《きせん》を問わず来店が可能なように、平民街に持つ予定です。……そのための資金も既に十分あります。ね、『副魔導師長様』」

あえて、役職名で呼ぶことで、『商談』のことを匂わせる。

「……軍と商談を始めた頃からそんなことを考えていたとはね。五歳の時の洗礼の日の試練がなければ、兄姉と同じく、君はもっと年相応に子供らしくいられたのかな。……あの時に君に決断を求めた私達両親が厳しすぎたのかな」

後悔の入りまじるお父様の言葉に、そうではない、と私は首を振る。

「お父様とお母様が、あの時道を示してくださったからこそ今の私があるのです。あのまま、洗礼式の結果に腐ってしまっていたら、私はきっと何者にもなれなかった。そして、アトリエを持ちたいという夢も持つこともなかった。でも、私には今、夢に描く未来があります。それはあの日、お父様とお母様が私を導いてくださったからなんです」

お父様は、私の言葉に、うんと頷《うなず》く。

「そうであれば、私は君の父親として、最大限に君の夢を叶えるべく応援するのが役割だろうね」

おいで、と言うように、お父様がその両手を広げる。

「ありがとう、お父様。大好きよ」

私はそう言って、お父様にギュッと抱き付いた。

◆

時は移って、ここは王城の謁見の間。

そこに、国王陛下を玉座に戴きながら、この国の宰相、財務卿《きょう》、軍務卿、騎士団長及び副団長、魔導師団長及び副魔導師長、そして、お父様の横に私がいた。

私とお父様は、一度家へ寄り、謁見に相応《ふさわ》しく正装に着替えている。私も子供ながらに、着慣れないドレス姿だ。なんだか裾を踏み付けて転びそうで怖い。

……そもそも場違いなのよね、私一人が。いなきゃいけない理由はわかってはいるんだけど。

「此度《こたび》の魔獣討伐、まずは皆、大儀であった。あれだけの魔獣を王都に一歩たりとも侵入を許さず、一般市民に犠牲を出さずに済んだ。そなた達、対応に当たった武人達を、私はこの国の誇りと思う」

「勿体《もったい》なきお言葉です」

軍部の方々が一同に礼を執る。

「そして、この度の魔獣の強襲によって、中には命を落とした者もいる。彼らには、身分や立場を問わず、武勲を称《たた》え遺族への見舞金を惜しまぬように。良いな、財務卿」

そして陛下は、財務卿一人を見下ろし、命を下す。

「承知いたしました」

財務卿が恭しく礼を執る。

「そして、デイジー・フォン・プレスラリア」

国王陛下が私の名を呼ぶ。

「はい」

私は、ドレスの裾をつまんで恭しくカーテシーをする。

「そなたはまだ幼いにもかかわらず、その錬金術師としての立場から、危険を顧みず、戦場に向かう者達へポーションを無償で配布しに赴いたと聞く。その崇高な志と慈愛の心、素晴らしい。おかげで重傷者や死者も通常より随分少なかったそうだ。そなたの貢献に、深く感謝する」

「勿体なきお言葉です」

私は再度礼を執る。

「ところでデイジー嬢、魔獣を取り押さえた謎の蔦の件なのだが、そなたが関わっているというのは本当か？」

国王陛下が私を見下ろしながら尋ねる。

「いいえ、私の関わりなど些細《ささい》なものです。私はあの場で、魔獣によって大勢の人々が傷つけられるのを見て、心の中で嘆き悲しみました。それを、緑の精霊王様が聞き届けてくださり、ご助力くださったのです。あれは、ひとえに精霊王様の御業《みわざ》の賜物《たまもの》です」

私は陛下の問いに事実をお答えした。

「『緑の精霊王様』と言ったな。その御方《おかた》と、そなたはどういう関係だ？　なぜ、そなたの嘆きを聞き届けてくださるのだ」

私の回答だけでは、陛下の疑問はまだ解けないようで、再度陛下は私に尋ねた。

「限られた方々しかいらっしゃらないので申し上げます。それは、私が『緑の精霊王の愛《いと》し子《ご》』だからです」

そう告げて、私は顔を伏せる。

このことを隠すことは容易《たやす》いのかもしれない。けれど、嘘《うそ》は好きではないし、そもそもこの場ならば、あえて申し上げることの方が、上手《うま》くいくのではないか、そう思った。

……そして何より、お父様が護ってくれると言ってくださったから。だから、きっと大丈夫。

その瞬間、その場にいた私とお父様以外の人間が全てざわついた。

「それは、まことか？　事が事だけに【鑑定】で確認をさせてもらいたいのだが、良いか？」

陛下が尋ねてくる。私は、ただ一言、はい、と頷いた。

急遽《きゅうきょ》、【鑑定】持ちのハインリヒが呼ばれる。

「急ぎのお呼びと伺い、まいりました」

ハインリヒが陛下に、そして、その臣下の重臣達に礼をする。

「この場で判明することは一切他言無用と思え。破る者は厳罰に処す」

陛下が、まず一同に口止めをなさる。その場にいる者は皆、黙って頷いた。

「ハインリヒ、デイジー・フォン・プレスラリアを鑑定し、『緑の精霊王の愛し子』であることを確認せよ」

陛下のお言葉に頷いてから、ハインリヒがじっと私を見つめる。

そして、ハインリヒが私に対して膝をついて、頭を下げた。

「デイジー嬢は、まこと『緑の精霊王様の愛し子』にございます」

「なんと……！」

「我が国に精霊王様のご寵愛《ちょうあい》を頂く者が現れるとは……」

ハインリヒの回答に、周囲から驚きと喜びと畏れの入り交じった声が上がる。

特に『緑の精霊王』である。

その『愛し子』が国にあり、健やかに過ごせるのであれば、その国は緑の豊穣《ほうじょう》の恩恵を受け豊かな国でいられるだろう。

だがその反面、『愛し子』を不幸にするような仕打ちをすれば、『愛し子』は精霊王に精霊達の国へと連れ去られて守られると共に、その国は見捨てられる。豊穣は失われ、その国が砂漠のようになる可能性もあるのだ。

国王陛下が立ち上がる。そして玉座を離れ、肩からかけた赤いマントを引きずりながら階段を降りてこられる。そして、私の目の前で一度立ち止まり、膝をつき、こうべを下げられたのだ。

「陛下、それはおやめください！」

私は慌ててお願いをする。

「それはできない」

しかし陛下は、首を振ってから、膝をついたまま私を見上げる。

「今、この場でだけ、我が国と臣民のために、貴女《あなた》に膝をつくことを認めて欲しい。そして、我が願いを聞き届けて欲しい。『緑の精霊王』に寵愛されし者よ、どうか我が国に留まりこの国を愛していただきたい。そのためには、あなたの望みはこの国の王である私が必ず守ると誓おう」

まだ二十代の若い王のエメラルドの意思の強い光が、私を見つめる。

「私の願いは、いつかこの国の一介の錬金術師として独立し、アトリエを持つことです。素材の採取のために時折遠出することはあるかもしれませんが、私の戻る国は、そして愛する国は、父母と兄姉のいるこの国です」

そう言って、隣に立つお父様を見上げる。お父様の手が私の手をギュッと握りしめてくれた。だから、最後まで自分の望みを言うために、私は口を開いた。

「今後も一介の錬金術師として扱っていただけるならば、私は他に望むものなどございません」

陛下に視線を戻して首を横に振る私の言葉に、陛下は笑っている。「無欲だな」と。

それはそうと、いい加減私は、陛下にひざまずかれるなんて居心地が悪い。

「……陛下、もう玉座へお戻りください。七歳の私には、恐れ多すぎてもう立っていられません」

「そうです、陛下、娘の膝がさっきから淑女の態度を保てぬほど震えております」

お父様も加勢してくださった。一気に場の雰囲気が砕け、他の方達からも笑い声が上がる。

陛下も笑って私の願いどおり玉座にお戻りになられ、そして、宣言してくださった。

「デイジー嬢、そなたの願い、しかと聞き届けた。デイジー嬢が、その理想とするアトリエを無事に営めるよう、私も陰ながら見守ることを約束しよう」

その陛下の言葉をもって、戦後報告は終了した。


そうして私とお父様は、我が家に帰るために馬車に乗ろうとした。

そんな時、ベヒーモスと戦った際に助けたマルクとレティアが、私と同じくらいの年頃の、淡いピンク色の髪と白い猫耳としっぽを持った獣人の女の子と一緒に、王城前の『遺族受付』と書かれた場所にいるのを見かけた。

「お父様、お話ししたい方がいるので少しお時間をください」

そう言い残して私は馬車から離れて、彼らのもとへと向かった。

「……あ、あの時の」

まず、向かってくる私の姿に、レティアが反応した。

「ああ！　俺を助けてくれた子だね。あの時は本当にありがとう！」

次にマルクが大きく手を振って声をかけてくる。彼はレティアとは対照的に快活で気さくな人柄なようだ。

「俺はマルク、こっちがレティアとミィナね」

マルクがみんなを紹介してくれた。

「私はデイジーよ」

私もそれに応えて、名を名乗った。

「それにしてもその格好……。貴族のお嬢さんだったのか。それなのにまあ、あんな前線にポーションを配るためにやってくるなんてねえ」

レティアが、ドレスで見違えたように私を眺め、呆《あき》れが深まったみたいに肩を竦《すく》めた。

「うん、だから、こってり絞られちゃったわ」

私は、小さく舌を出して笑って、同じように肩を竦める。

「ところで、ここにみんながいる理由って……」

私が本題を切り出すと、レティアとマルクは顔を見合わせ、ミィナは下を向く。

「あの、私のお父さんとお母さんが冒険者をしていて……今日の南門の討伐にも参加していたんだけれど……」

下を向いて俯《うつむ》いたまま、ミィナが答えようとするが、言葉はやがて涙に変わり、その涙が地面にぽたぽたと円を描いていく。

気づくと、この場所ということが気になったのか、お父様が私の背後にやってきていた。

「突然割り込んで失礼。デイジーの父です。……お嬢さん、お父様とお母様共今回の件で亡くなられたのかい？」

お父様は私のそばから離れ、ミィナの正面にしゃがみ込み、目線を同じ高さにする。そして、穏やかな声音で問いかける。

「……うん。ミィナのうち、パパとママ駆け落ちして冒険者していたから、私、家族誰もいなくなっちゃってぇ……」

そうしてまた感情が昂《たかぶ》って泣き出してしまうミィナ。そんなミィナをお父様はただ静かに背を撫《な》でてあげていた。

「ミィナには、どこか行くあてはあるのかな？」

お父様がミィナに優しく尋ねる。ミィナは涙目のまま首を横に振る。マルクとレティアも俯いてしまう。

……ミィナ、少しあなたのことを見せてね。

勝手に確認することを心の中で謝って、私は彼女を【鑑定】で見る。

【ミィナ】
平民・孤児
体力：25／25　魔力：50／50

職業：なし　　　スキル：料理（4／10）、洗濯（3／10）、掃除（3／10）、
水魔法（1／10）、火魔法（1／10）
賞罰：なし

私はこっそりお父様に耳打ちする。

「彼女は罰せられるような履歴は付いていません。そして、料理を筆頭に家事の才能があります」

お父様はただ、うん、と頷《うなず》く。

「ミィナ、このままだと君は孤児院へ行くか、自活するすべを探さなければならない。そこで、もし良かったらなんだけれど、しばらく我が家でゆっくりしてから身の振り方を決めないかい？　もし家事なんかができるなら、うちでメイドになってもいいし、将来独立する娘のデイジーのもとで働くという選択もある。それも嫌なら、働くところが見つかるよう協力しよう。……どうかな？」

父からの提案に、マルクとレティアは表情が明るくなり、安堵《あんど》したような顔をする。ミィナは、突然の提案になんと答えていいかわからないのか戸惑っている。

「私は、ヘンリー・フォン・プレスラリア。この国の王様に仕えるちゃんとした貴族だよ。君のお父様とお母様は、この国のために命を捧《ささ》げた英雄だ。私は、そんな人達の子供である君に決して危害を加えたりしない。君がこれからどうしていくか決められるようになるまで、私の家でゆっくりしたらどうだい。遠慮しなくていいから」

ミィナがマルクとレティアの顔を交互に見つめる。二人は、うん、と頷いてみせる。

少し安心したのか、ミィナの足の間にしゅんと下がってしまっていたしっぽが上がってくる。

「……お作法とか……全然知らないですが、ちゃんと覚えます。だから、よろしくお願いします」

ぺこ、とお父様にお辞儀をした。うんうん、とお父様はミィナの頭を撫でて笑顔を見せる。こうして、私とお父様は、ミィナを伴って自宅に帰ることになった。

その途中、お父様は、御者にミィナの自宅に立ち寄らせ、彼女に当面必要になる衣類などを取りに行かせる。

そして、彼女が荷物の整理をしている間に、お父様は同じ集合住宅内に住んでいる大家に事情を説明し、彼女の心が決まるまでは彼女が両親と住んでいた部屋は、そのまま借り続けることを伝え、前払いで家賃を払った。

これからも生きていくミィナにとって、両親の形見になる品が残るこの家は、彼女が両親との思い出を整理できる状態になるまで、まだそのままにすることにしたのだ。

そうして、回り道をして帰宅し、お父様は、まず家を取仕切る執事のセバスチャンにミィナのことについて事情と今後の方針を伝える。ミィナは当面客間預かりとすることになった。

平民とはいっても、彼女は父が身柄を預かると決めた客人だ。客間までミィナを案内したセバスチャンは、そうミィナに説明して、遠慮なく部屋を使うように伝えた。

◆

夕食の時間、私ミィナは『客人』扱いなので、食事はプレスラリア家の皆さんと一緒だった。

……私、お作法も知らないのに、緊張するよう。

そんな気分を表すように、私の真っ白のしっぽがしゅんと下がって、無意識に落ち着きなく揺れる。

そんな時だった。

「パンを置かせていただきますね」

そう言って、侍女のお姉さんが私の目の前のお皿に、トングで挟んだパンを置こうとする。その見たこともないほど綺麗なまん丸のパンは、ちょうど私の鼻先をかすめていき、香ばしい匂いとほんの少しのフルーツの香りが鼻腔《びこう》をくすぐる。

好奇心で、しっぽがピン！　ってなった。そしてしっぽの先だけクルクル揺れる。

うわあ、これ食べたい！　食べていいかな？

周りにいるプレスラリア家の皆さんをキョロキョロ観察したら、皆さんパンに手を伸ばしていたので、私もパンを手に取る。

……柔らかーい。

そのパンは、私の手の中でふにっと簡単にへこんだ。

「ミィナちゃん、このパン美味しそうでしょう？」

デイジーさんのお兄さんだというレームスさんが声をかけてきた。私より少し年上くらいの、お父様であるヘンリー様と同じ淡い水色の髪と瞳の優しげな男の子だった。柔らかくたわめられた瞳も優しげだ。

「このパンはね、デイジーが錬金術で作った『ふんわりパン』っていうのよ！」

そう言って説明してくれたのは、デイジーさんのお姉さんだというダリアさん。ダリアさんはお母様と同じアップルグリーンの髪の毛と瞳を持った、少し快活そうな女の子だ。

「温かいうちが一番美味《おい》しいから、食べてみて」

その謎のパンの発明者だというデイジーさんからも、ニコッとした笑顔で勧められた。

そういうデイジーさんは、お母様譲りのアップルグリーンの髪に、お父様譲りのアクアマリンの瞳だ。

「では、いただきます……」

パンを、口に入るくらいの大きさに小さくちぎる。すると、ふわりとしたフルーツの香りが鼻先を掠《かす》める。

「うわあ、いい匂いですね……」

私はその香りにうっとりする。そしてパクリ。

ん――――！　ふわふわ！

私のしっぽがパタパタしている。あ、ダメ、これじゃお行儀悪いのにっ！　なんか、レームスさんが私のしっぽをちらりと見て微笑《ほほえ》んでいる気がするー！

「あ、あの、このパンとっても美味しいです！　あと、感動しすぎてしっぽが動いちゃいました……。お行儀が悪くてすみません」

私は、真っ赤になりながら皆さんに頭を下げる。すると、プレスラリア家の家長であるヘンリー様がくくっと笑って、大丈夫、とおっしゃってくださった。

「そうよ、堅苦しいことはあまり気にしないでね」

ローゼリア様もフォローしてくださる。

「そういえば、デイジーはもっと違うパンも作りたいって言っていたよね」

私から話題を遠ざけてくれたのか、レームスさんがデイジーさんに話しかけた。

「そうなのよ。『デニッシュ』っていう、今度は『サックリ』なパンの作り方も本に載っていて、それも食べてみたいのよね」

とても素敵なパンを想像しているのか、デイジーさんの顔はニコニコだ。

「『サックリ』なパンですか。それは不思議ですね。食べてみたいなあ……」

うーん、どんなパンなんだろう。私には想像がつかない。

「だったら今度デイジーが作る時に、ご迷惑じゃなかったらミィナさんも誘ったらいいじゃない！」

いいことを思い付いたというように、ダリアさんがポン、と両手で手を叩く。

「それは素敵ね！　ミィナさん、今度一緒にどうかしら？」

首を傾《かし》げて、私を誘ってくださった。

「はい！　ぜひ！　私お料理も大好きなので、とっても気になります！」

……悲しいことでいっぱいだった私の中に、楽しみなことが一つできた。きっと、気を使ってくださるプレスラリア家の皆さんのおかげだ。

そのあとは、私の緊張も解け、ゆっくりと食事とお話を楽しむことができたのだった。

◆

ミィナと『デニッシュ』を作ろうと約束した翌日、厨房《ちゅうぼう》のボブとマリアに確認を取ったところ、早速明日にでもという話になり、『デニッシュ』作りを行うことになった。参加者は、私デイジーと、ミィナにボブにマリアだ。

まず、バターを麺棒で伸ばさないといけないので、その台にするツルリとした石の板は冷蔵庫で冷やしておく。パン生地に挟み込むためのバターも一緒に冷蔵庫で冷やしておく。パン生地と混ぜるバターは室温で温めておく。

マリアに足台を用意してもらって、私はその上に立った。

冷蔵庫で冷やした台を取り出す。打ち粉をして、バターは冷蔵庫から出したての冷たいものを使いますっと……。薄く長く叩《たた》いて、三つ折りにしてから四角に成形します。……って、ちょっと待って、硬い！　無理！　そもそも薄く長くなんかならないじゃない！

「ボブ〜。バター伸ばすの、硬くてできない……」

私はボブに早々にヘルプを出す。

「ハイハイ、お嬢様のお力ではこれは無理ですね。私が代わりましょう」

にっこり笑ってボブが代わってバターを伸ばしてくれた。

……なんかミィナがじぃっとボブの手作業を見ていたけれど、お料理上手なミィナだったらできるの？　いや、女の子には辛いよね？　ボブは手際よくバターの冷たさを維持しながら成形してくれた。

「じゃあこれは、冷蔵庫に入れておきますね」

ボブが冷蔵庫まで台ごとバターを入れに行った。

「次からは私がやるわ！」

今度こそ、と鼻息荒く私は台の上に乗る。

ボウルに小麦粉と砂糖、塩を入れてよく混ぜる。で、バターを入れてまたよく混ぜる。そしてそこに少しの牛乳とお水、卵、酵母水をよく混ぜたものを入れて、今度は手早く混ぜます……と。そこで、初めて参加のミィナに説明を。

「これが錬金術で作った酵母液っていって、パンがふんわりするもとなのよ」

そう言って瓶を手渡すと、ミィナは興味深そうに泡立つ液体を覗《のぞ》き込《こ》んでいた。

粉けがなくなるまで混ぜて、台の上に置いて丸くまとめる。表面がかわかないように濡《ぬ》れた布巾を置いたら、室温で一時間くらい発酵させる。

……パン生地作りってこの待つ時間がいっぱいかかるのよねえ。

やっと発酵が終わったら、ガス抜きして少し平らにして、湿った布地でくるんで冷蔵庫で一晩休ませる。

……長いわ！

翌朝はみんなで早起きした。太陽もまだ昇っていない。

デニッシュパンを朝食に出したいのよ！

まずはいつでも焼けるようにオーブンの準備。

「今日は私が捏《こ》ねてみてもいいですか？」

そう言うミィナの白いしっぽは好奇心でゆらゆら揺れている。……んー！　可愛い！

と、いうことで、今朝の生地作りはミィナに任せることにした。ミィナはエプロンをつけ、ボブとマリアは、こちらの様子を窺いながら朝食の用意をする。

昨日ボブに伸ばしてもらったバターと同じ大きさに生地を伸ばしていく。そして、生地の上にひし形になるようにバターを置く。生地でしっかりバターを包んで、長さを三倍に伸ばす。三つ折りで折りたたんで、角度を変えてまた伸ばす……を繰り返して、生地はやっと完成。

……って、形を整えたりするのは綺麗だし（私は大雑把《おおざっぱ》）、そもそもなんていうか作業の手際がいい。料理スキルってこういうところにも差が出るのかなあ。女の子らしくて羨ましい。

「結構大変ですねえ」

と言いながらも、ミィナは目新しい調理法（？）に興味津々なのか、しっぽはご機嫌な感じだ。揺れるしっぽを見ているだけでつられて楽しくなってくる。

折り込んだ生地を休ませてあげてから、それを左右が同じ長めの三角形の形に切っていく。その生地を、三角形の広い側からクルクルと丸める。ぜーんぶオーブンの天板に並べたら、またしばらく常温で休ませる。湿った布地をかけるのを忘れずに。

「それにしても不思議な形ですし、薄い生地をクルクル丸めるのに何か意味があるんでしょうかね？」

ミィナが、洗った手を拭きながら、皆が休んでいる厨房のテーブルに戻ってくる。

「せっかくの貴重なバターを大量に練り込んでしまって、どうなるんでしょうねえ」

ボブが少し心配そうに呟く。うーん、ほんとにできるのかな、『デニッシュ』。

そんなこんなで雑談をしていると、オーブンに入れる時間になる。溶き卵を刷毛《はけ》で表面に塗って、やっとオーブンに投入だ！

「うわあ！」

焼けるのは、生地の待ち時間に比べたらあっという間だった。

ふんわりと三日月型に膨らむ生地。つやつやとしたきつね色に色づいていく表面。漂うバターの香り。

オーブンを覗き込むミィナのしっぽの動きが止まらない。

オーブンから出して、一人半分こで味見する。

「うわあ、サクサクです」

美味しそうに満面の笑顔になるミィナ。

「でも、中はとってもしっとり」

もっちりと伸びる中の生地に感動する私。

「でも生地の表面が手に付いちゃいますね」

そう評価するのはボブ。

「フィンガーボウルを用意すればよろしいかと。侍女長にお願いしてきますね」

マリアはそう言って、エプロンで手を拭って厨房を出ていく。

その頃ようやく起きてきた家族の皆が、厨房から漂う香りに興味を示す。

「今日は朝から随分といい香りがするね」

とお父様。

「『ふんわりパン』の香りとも違うわ」

首を傾げるお母様。

「そうです！　今日は新作のパンをご披露します！」

私の言葉にすぐに反応したのがお姉様。

「『デニッシュ』ね！　私、楽しみにしていたのよ！」

家族の皆がテーブルの各自の席に腰を下ろす中、私とミィナもエプロンを外して席に座る。そして、テーブルに並べられた食器に、フィンガーボウルが追加される。

「あれ、フィンガーボウルが必要になるようなパンってことかな。初めてだね」

お兄様も興味をそそられているようだ。

そして、焼きたての『デニッシュ』が各自に配られる。

「錬金術の本によると、正確には『ペイストリー』というらしいです」

そう言って私は新作パンを紹介する。

「じゃあ、デイジー達の新作を頂こうか」

お父様の一声で、皆の手が『デニッシュ』に伸びる。

「おお、サックリと口の中で崩れるな」

かぶりついて一口食べて感想を述べるお父様。

「でも、中の生地はこんなに伸びますわ」

手でちぎって食べるお母様は、その中のもっちりとした生地が目につくらしい。

「バターの香りが口の中に充満するわ！　そしてサクサクとした食感が素晴らしいわ」

お姉様は、かなりお気に入りのようだ。

「生地がこんなに何層にも重なっていてすごいな。でも、表面の生地の欠片《かけら》が手にくっつくから、フィンガーボウルを用意してくれたんだね」

お兄様は、そのパンの幾重にも重なる構造が気になるようだ。

結果、『デニッシュ』は家族に大好評で、皆が美味しそうに完食してくれた。

私とミィナは、顔を見合わせて、にっこりと笑顔になるのだった。

第十二章　強力解毒ポーションを作ろう

ある日、畑に行くとマンドラゴラさんに声をかけられた。

「デイジー、デイジー」

ん？　と思って、マンドラゴラさん達の前にしゃがみ込む。

「もう根っこあげる準備できたよ！　いる？」

青い花の子が聞いてきた。

「ありがとう、マンドラゴラさん。分けてくれると嬉《うれ》しいな」

私はこくこくと頷《うなず》く。

すると、土の中から立派な太い根っこが三本顔を出す。マンドラゴラさんが顔を顰《しか》めたと思ったら、スポーン、スポーン、スポーン！　と抜け飛び、地面に落ちた！

え、何？　根っこって切るとか折るとかじゃないの？

「……ふう、気合入れると疲れるよ！　あ、抜いたのは遠慮せず持っていってね！」

私の疑問とは関係なく、マンドラゴラさんは、ひと仕事したぜ！　って顔してる。

「う、うん、ありがとう！　使わせてもらうね」

動揺しながらも、あちこちに飛び散った根っこを拾い集め、お礼を言う。そしてあと必要な毒消し草の葉を数枚ちぎって、一緒に製作をしようと思ってマーカスを探す。

……あれ。どこにもいない。

マーカスを探していると、ケイトに出会った。

「ねえケイト、マーカス知らない？」

私が尋ねると、ケイトは頬《ほお》に手を添えて、困ったような顔をして答える。

「マーカスは、お嬢様のことを『お嬢』と呼んでいるところをセバスチャンに聞《き》き咎《とが》められまして……。罰として今屋敷中のトイレ掃除を命じられていますよ」

そう言って、彼女はほらそこ、と、指を指す。その先には、廊下を走って次のトイレに移動しようとしたマーカスが、セバスチャンに叱られていた。

「廊下は走らない！　背筋は伸ばす！　プレスラリア家の使用人として相応《ふさわ》しい振る舞いをする！」

そう指摘しているセバスチャンのもとに私は歩み寄る。

「お疲れ様、セバスチャン。マーカスはしばらくあなたのもとで教育することになるの？」

そうであれば、定期的にお願いしている仕事もある。予定が変わるので確認しないといけない。

「はい、ちょうどそのお話をさせていただこうと思っておりまして……」

セバスチャンが私に一礼して答える。

「お嬢様が定例の作業をお命じになっている時間以外は、マーカスに礼儀作法を教え直そうと思っております。また、将来独立なさるお嬢様のおそばにお仕えすることを考えますと、彼は読み書き計算もこの機会に学び直した方が良いでしょう。一度で使用人としての教育を終わらせられず、お手数おかけして申し訳ありません」

少しかわいそうな気もしたけれど、長い目で見たらやはり必要なことなのだろう。将来私が独立する時に、彼がマナーも身につけられていない、金銭の計算を誤るような状態であれば、国も含め色々な立場の人達を顧客にする予定の私のそばに置くことはできない。

優しくありたいけれど、ケジメはケジメ。そう考えることにした。きっと私の心の中に、歳の近い子供同士、という甘さもあったのだろう。

「いいえ、セバスチャン。あなたの考えはもっともだわ。色々考えてくれてありがとう。マーカスのこと、よろしくお願いね」

素直に感謝の意を伝え、私は一人で実験室に向かうことにした。


実験室に入って、必要なビーカーなどの準備をする。蒸留水は朝のうちにおそらくマーカスが準備してくれたものがあった。

……頑張ってね、マーカス。

少し目を瞑《つぶ》って、心の中で彼を応援する。

「……うん！　私も久々の新作、強力解毒ポーション作りを頑張ろう！」

私は気合を入れて調合に入るのだった。だって、待ちに待ったマンドラゴラさんの根っこを使った初めての調合なんだもの！　この国ではまず手に入れられないポーションをこの私が作るのよ！

まず、毒消し草の苦味を確認するために、葉の端っこを少し齧《かじ》ってみる。

「……この葉は苦味がないのね」

じゃあ、塩とお湯での下処理はしないでこのまま使ってみようかな。私は、毒消し草の葉っぱとマンドラゴラの根っこ一本を、そのままみじん切りにした。そして、蒸留水を入れ、魔石も入れて、加熱を始める。

【強力解毒ポーションﾞ？？？】
分類：薬品　　品質：低品質（マイナス3）
詳細：有効成分はほとんど抽出されていない。

もう少し経つと、気泡が大きくなってきた。

【強力解毒ポーション】
分類：薬品　　品質：低品質（マイナス2）
詳細：有効成分は薄い。

さらに経つと、時々ポコポコし始めた。

【強力解毒ポーション】

分類：薬品　　品質：低品質（マイナス1）
詳細：根の有効成分の抽出ができていない。これじゃ普通の解毒ポーションの劣化版。

……えっ！　普通の解毒ポーションにすら負ける品質なの？　ひどくない？
でもなぁ、【鑑定】さんの表現だと、葉の成分は抽出できている。ダメなのは根っこだけ。でも、今までの経験からすると、おそらく沸騰させたら葉っぱの成分はダメになりそうなのよねぇ……。と思いながらも、ダメもとでさらに加熱してみた。
液体が沸騰を始める……。すると、みじん切りにしていた毒消し草がどろりと溶け始め、えも言われぬ毒々しい緑のとろみのある液体になってしまった……。うわあ、と思いながら慌てて加熱をストップする。

【産業廃棄物】
分類：ゴミ　　品質：役立たず
詳細：捨てるしかない。見た目に気持ちの悪い一品。

……私は早速失敗した（とほほ）。

◆

ちょうどデイジーが強力解毒ポーションに挑戦していたその日、朝から王城は騒然としていた。

「誰か！　宮廷医師を呼べ！　早く原因を究明させろ！」

その日の朝、現王の唯一の男児である、第一王子ウィリアムが倒れたのである。国王と生母である王妃も王子の部屋に駆け付けた。部屋のベッドに寝かされている王子の顔色は紫がかっており、時折苦しそうに腹部を押さえて縮こまる仕草をする。その様子を見た王妃は涙を流して王子の小さな手を取り、寄り添っている。

「容態はどうなっている！」

気が焦って医師を問いつめる国王。

「は、なんらかの毒に侵されているご様子です。……解毒ポーションを出せ」

宮廷医師は、彼の助手に手持ちの薬の中から解毒薬を探させ、それを受け取った。

「またか……」

王は苦虫を噛み潰したような顔で呟く。警戒はしているものの、これが一度目ではないのだ。

若い王に王妃が一人。王にその気はなくとも第二夫人を勧める貴族は煩《うるさ》いし、前王の子である王弟達もいる。次の王位を狙う者、娘を将来の王の生母とさせようと目論《もくろ》む貴族にとっては、まだ幼い第一王子は邪魔者でしかないのだろう。

王妃はくずおれて泣いた。自分が狙われるのはいい。だが、幼い我が子が度々苦しめられるのに耐えられず、嘆き悲しんだ。せめて弟がいれば、いくらかは玉座の簒奪《さんだつ》を狙う者達の野望も挫《くじ》けるだろう。そう願い、次の王子を産むことを望みながら、それもままならないのだった。王妃は母として自らの非力を嘆いた。

「解毒ポーションをお飲みいただきます」

国王へ一礼してから、宮廷医師は王子のそばに行き、蓋を開けたポーション瓶の口を王子の口元に寄せる。それは、王子が毒に侵された時に使われる、いつもの品だった。その解毒ポーションは、然《しか》るべきところで作られた、王室で使われるに相応しい品質のものである。

……王子はいつものように回復するはずだった。

◆

自宅にいる私は、実験室の中で失敗した実験結果を前にしていた。失敗したことは、糧にしよう。うん、気を取り直して……。

そうだ。頭がこんがらがらないようにノートに書き出して、素材ごとの抽出条件などを整理してみよう。

①毒消し草→下処理不要、沸騰させるとダメ（検証済）

②マンドラゴラの根↓沸騰させないとダメ？（未検証）
③魔石↓触媒としての効果を発揮していない。成分が抽出できていないのでそれ以前？（未検証）

まずは②のマンドラゴラの根の抽出温度を確認しないとダメよね。
私は、新しいビーカーにみじん切りにしたマンドラゴラの根と蒸留水を入れて、加熱を始める。

【マンドラゴラのエキス？？？】
分類：薬品のもと　　品質：低品質（マイナス3）
詳細：成分の抽出ができていない。

もう少し経つと、気泡が大きくなってきた。でも、沸騰前まで行っても状態は変わらない。そして、沸騰が始まる。ボコボコと気泡が泡立つ中、マンドラゴラの根のみじん切りが踊っている。
よし、沸騰させても大丈夫！　なら、このまま続けて……。

【マンドラゴラのエキス】
分類：薬品のもと　　品質：高品質
詳細：成分は十分抽出されている。

しばらく煮込むと、エキスをちゃんと取り出すことができた！

そうか！　やっぱり毒消し草とマンドラゴラの根では、有効成分の抽出温度や品質を保てる温度が違うんだわ！

私は、書き出したメモを訂正する。

①毒消し草→下処理不要、沸騰させるとダメ（検証済）
②マンドラゴラの根→沸騰させて煮出す（検証済）
③魔石→触媒としての効果を発揮していない。成分が抽出できていないのでそれ以前？（未検証）

とすると、おそらく、毒消し草の抽出液とマンドラゴラのエキスを別々に作り、混ぜたものに魔石を入れて、魔石を触媒として成分を変化させる。温度は沸騰させてはいけないが、それ以外は不明。うん、ここまでは整理できたわ。

……と、その時だった。

バン！　と大きな音を立てて、乱暴に実験室の扉が開かれた。

「お父様？」

私は突然やってきたお父様に驚いて首を捻《ひね》る。だってまだ職務中のはずよね？

「デイジー、解毒ポーションは作っていないか？　前に誕生日に毒消し草を頂いたよな？」

お父様は急いで来たのか息も荒く、性急に尋ねてくる。

「ちょうど今『強力解毒ポーション』を作ろうと思って実験中ですが……」

「じゃあそれを急いで仕上げてくれ！」

お父様が「よし、これで間に合う！」と、勝手なことを言っている。

……『実験中』と『できる』はイコールじゃないのに。

大体、今は試行錯誤している途中で、割り込まれるとすごく頭が混乱してくるのよね。

とはいっても、お父様はお父様で、何かご事情があってとても急いでいるみたいだし……。

ここはまず、お父様に落ち着いていただこう。

「お父様、薬ができたら一番にお父様にお届けにまいります。だから、居間で待っていて？」

そう言ってお父様に居間に移ってもらってから、静かに扉を閉めた。

……どこまで進んだかを、もう一度思い出そう。

私は一つ深呼吸をして、ノートに視線を落とす。毒消し草の抽出液とマンドラゴラのエキスを別々に作り、混ぜたものに魔石を入れて、魔石を触媒として成分を変化させる。今は、マンドラゴラのエキスができたところ。次は、毒消し草のエキスを作る段階だ。

私は、新しいビーカーにみじん切りにした毒消し草と少なめの蒸留水を入れて、加熱を始める。

沸騰直前まで加熱して止めると、エキスが抽出できた。

【毒消し草のエキス】
分類：薬品のもと　　品質：高品質

詳細：成分は十分抽出されている。

……うん、ここまでは想定どおりうまくいっているわ。落ち着いて。

毒消し草のエキスの中に魔石を入れ、だいぶ冷めてきたマンドラゴラのエキスを加える。そして、丁寧にかき混ぜていく。

【強力解毒ポーション？】
分類：薬品　品質：低品質（マイナス3）
詳細：複数の成分同士が反応できていない。

そのままの温度であまり反応に進行が見られないので、慎重に加熱していく。やはり、沸騰前であれば品質の低下は見られないので、そこまで上げて、その温度をキープする。

【強力解毒ポーション】
分類：薬品　品質：低品質（マイナス2）
詳細：複数の成分同士が反応し始めている。

うん、このままいけばうまくいくはず……。

私は、棒でゆっくりかき回していく。

すると、ビーカーの中の液体がキラキラと輝いた！

【強力解毒ポーション】
分類：薬品　　品質：高品質
詳細：あらゆる毒を治療する。ただし他の状態異常は除く。

「良かった、できたわ！」

急いでいるお父様のために、タライに水魔法で氷水を出して、そこにビーカーを浸して素早く冷やす。そして、布で漉《こ》して、薬をポーション瓶に入れた。

二つポーション瓶を持って、お父様が待つ居間に急ぐ。

「お父様！　できました！」

「でかしたぞ、デイジー！」

お父様は私を抱き上げ頬擦《ほおず》りする。

「デイジーを連れて王城へ行ってくる！」

お父様は私を抱き上げたまま馬車へ向かおうとする。

「お父様、いつもの私のポシェットを取ってください」

お願いすると、気づいた侍女のケイトが私にポシェットを手渡してくれた。

「ありがとう、ケイト」

私は新しいポーションをポシェットに入れて、肩からかけた。

私とお父様は馬車に乗って、王城へ急いだ。そして、その馬車の中で、お父様から、第一王子殿下が遅効性だが強力な毒に侵され、危ないのだと聞かされたのだ。

馬車を降り、殿下の部屋まで行かなければならないのだが、王子殿下の部屋は王城の奥深く、王家の皆様の居住スペースにあるため、かなりの距離がある。

「デイジーの足では、急がせるのもかわいそうだな」

そう言って、ひょいと私を片手で抱き上げると、お父様は早足で目的の部屋まで向かった。

「魔導師団、副魔導師長のプレスラリア子爵だ。陛下に『薬が手に入った』とお伝え願いたい」

お父様は、部屋の前にいる兵士に言伝《ことづて》を頼んだ。兵士は、扉をノックし、部屋に入り父の用件を伝える。するとすぐに陛下の声で許可がおり、私達は部屋の中へと招かれた。

「おお、デイジー！　薬を持ってきてくれたというのは本当か？」

陛下は、生死の境を彷徨《さまよ》う幼い我が子を前に、藁《わら》にでもすがりたいといったご様子だ。

「はい、『強力解毒ポーション』を作ってまいりました。鑑定の結果、どんな毒にも効果があるそうです」

私は一礼し、ポシェットの中からそのポーション瓶を取り出して陛下に差し出す。

「ハインリヒを呼べ。疑うわけではないが、念のため今すぐ鑑定させせよ」

陛下は私からポーション瓶を受け取ると、すぐに兵士に命じた。兵士は一礼すると足早にその場をあとにした。

程なくして、ハインリヒが急いで部屋へやってくる。

「鑑定せよとのご命令、どの品にございましょうか」

「これだ」

陛下がハインリヒに瓶を差し出す。

すると、ハインリヒはその瓶をじっと凝視した後、陛下に結果を告げた。

「このポーションは、毒であれば、どんなものでも解毒できると出ております！」

ハインリヒは、信じられないといった表情だ。そりゃそうよね、だって、入手不可能と思われていたものが目の前にあるんだもの。

「陛下、それを殿下にお飲みいただきましょう！」

年老いた宮廷医師は、陛下に進言する。うむ、と頷いて、陛下はそのポーションを医師に預けた。

ポーション瓶を受け取った医師は、蓋を開け、ベッドに横になる王子殿下のもとへゆく。そして、両頬を手で挟んで口を開かせると、少しずつ、少しずつポーションを口に含ませていく。

「殿下、苦しいのが治ります。お飲みください」

そう医師に言われると、殿下は素直にコクリコクリと喉を嚥下《えんげ》させていく。すると、紫がかっていた顔色は、赤みこそまだ戻らないものの正常な肌の色を取り戻していく。だが、殿下はまだ顔を歪《ゆが》ませ、腹部の痛みを訴える。そして苦しそうに息を浅く早く吐く。

……え？　あの薬で治らないの？

私は正直、鑑定が全てと思っていただけに自信があった。なのに、治らないというのはどういうことだろう？　私は混乱した。

「お父様……」

私は何かを間違ってしまったのかしら。不安になってお父様の服の裾をぎゅっと掴《つか》んだ。お父様は私の手を包み込んでギュッと握り返してくれた。

「どういうことだ、なぜ治らん！」

陛下は焦れたように、医師に向かって言葉荒く尋ねる。

「陛下、落ち着きください。毒についてはもう大丈夫でございます」

医師は、焦る陛下を言葉で宥《なだ》める。

「殿下、少々お腹《なか》を失礼いたします」

医師はそう言って、殿下のお腹の少しずつ違う場所を細く節張った指で押して行き、殿下が痛がる場所を探る。ちょうどお腹の中央辺りの柔らかい場所を医師の指が押すと、殿下は大きく顔を歪ませた。

「何かわかったのか！」

陛下の問いに、医師は頷いた。

「しばらくの間、殿下のお体は毒に晒《さら》されておりましたから、胃の腑《ふ》が傷ついておいでです。その傷をハイポーションで癒《いや》せば、全快いたしましょう」

医師がそう言って、頭を下げて見立てを申し上げる。その言葉に、陛下も王妃殿下も光明が見えたのだろう、ほっとした表情をする。

「早く治してやってくれ」

陛下が医師にそう告げると、汗ばんだ額に張り付いた王子殿下の前髪を両脇に優しくかき分ける。

「勿論《もちろん》でございます」

そう言って医師は助手にハイポーションを取り出させて受け取ると、再び殿下の口元へハイポーションをゆっくり流し込む。素直にハイポーションを飲み込んだ殿下は、やがて呼吸が深く穏やかなものになり、僅かながらも頬に赤みがさしてきた。

薄《うっす》ら瞳を開いて、辺りを見回す。

「……お、とうさま、おかあ、さま……」

そう言って腕を伸ばす。その手を王妃殿下が握りしめ、王子殿下を抱きしめる。

「ウィリアム、良かった……。一時はどうなることかと……」

そう言って、かけがえのない我が子の命が守られたことに泣き崩れるのだった。国王陛下は、そんな妃殿下の背を優しく撫《な》でて宥める。私もお役に立ててほっと安堵《あんど》の息を吐く。

「宮廷医師マドラー、そして錬金術師デイジー。此度《こたび》は我が息子のために尽力してくれて、一人の父として、心から感謝する」

その言葉に、医師と私は陛下に「勿体なきお言葉です」そう言って、頭を下げるのだった。

◆

ウィリアム王子殿下の容態が落ち着いた後、私とお父様は、国王陛下に別室に呼ばれた。部屋には三人しかいない。小さな部屋に少人数向けのテーブルセット、それだけの部屋だ。

「今から話すことは他言無用で頼む」

まず、陛下が口にした口止めの言葉で私達は、改めて気が引き締まる。

……私とお父様にだけってなんの話だろう……。

「デイジー、自白剤を作ることは可能か？」

国王陛下が私にお尋ねになる。

「……じはく、ざい？」

聴き慣れない単語に、私は首を捻る。そこへ、お父様が私にもわかりやすいように説明してくれた。

「質問されたことを、正直にしゃべりたくなってしまうようになる薬のことだよ」

国王陛下がおっしゃるには、今回王子殿下に毒を盛った犯人には、だいたい目星が付いているのだけれど、いつも決定的な証拠がなくて、トカゲの尻尾切り止まり。黒幕である真犯人を捕らえられないでいるらしい。

今回は遅効性の毒だったから間に合ったものの、強い即効性の毒を使われた場合には間に合わないかもしれない。だから、王子殿下の身の安全のために、目星を付けている人に自白剤を使って捕まえてしまいたいと、そういうことらしい。

……『じはくざい』という名前ではないけど、確かそんなのあったような気がするなあ。

「頂いた錬金術の本には、似たようなものがあった気がしますが、多分材料が揃《そろ》えられません」

私は、現状答えられる範囲内で回答をした。その答えに、国王陛下は、うん、と答えた。

「確かに、すぐに回答ができるものでもあるまい。自宅へ帰り、確認してから返事をくれれば良い」

そう言ってくださった。

「それはそうと、今日の礼をせねばと思っていてな。確認してくれ」

国王陛下は胸ポケットから、綺麗な薄紫色の布でできた小さな袋を私の前に差し出す。

「失礼します」

そう言ってお父様が私に代わって、私の前に置かれた袋を恭しく手に取り、私に見えるようにその中身を掌《てのひら》に載せる。

……そこにあったのは白金貨一枚であった。

お父様がひゅっと息を飲む。

私は、見たこともない硬貨を興味深くまじまじと見つめるばかり。なんだか立派な硬貨ね。

「陛下、ポーション代としては、さすがにこれは些《いささ》か頂きすぎではないかと……」

お父様の額には一筋冷や汗が伝い落ちる。

お父様の言葉に、いや、と国王陛下は首を振る。

「それは、今日のポーションをその価格と算定して支払うものではない。一人の父親が、我が子の命を救ってもらったことに対して支払う礼金と思ってくれ」

そこまでおっしゃられたものを断るのは、失礼にあたる。

「ありがたく頂戴いたします」

そう礼を言い、お父様は、白金貨を布の袋にしまうと、お父様の胸ポケットにしまって私にこうおっしゃった。

「さすがにこの大金をデイジーに持たせるのは危険だからね。お父さんが安全なところにしまうまでは預からせてもらうよ」

私は、相変わらずその貨幣の価値をわからずにいたが、とても大変な金額だということは感じた。なので、お父様には素直にはい、と頷いた。

そして、私にはもう一つ気がかりなことがあった。王子殿下が一命をとりとめたとはいっても、犯人は見つかってはいない。まだ、殿下は本当に安全ではないはずだ。

「陛下、多大なご好意に感謝いたします。だからというわけではありませんが、王子殿下がご無事であったとはいえ、万が一ということもございます。私は今日お渡しした『強力解毒ポーション』をもう一本持ってきておりますので、お受け取りください。不要となることを願いますが……」

そう言って私は陛下の御前に『強力解毒ポーション』を差し出した。

陛下は目を伏せて私に礼をおっしゃる。

「心遣い、感謝する」

その後、私とお父様は部屋から退出して、王城から自宅へ馬車で帰途に着いたのだった。

帰宅後、私は国王陛下に依頼された『じはくざい』なるものを、『錬金術教本』をめくって探していた。

「……しゃべりたくなる薬、ねえ……」

どこかにそのようなものがあった気がするけれど、いざ探すとなかなか見つからないのよね。

「だいたい、そんな名前じゃなかったはずなのよ」

うーん、と唸って、私は本の上に突っ伏してしまう。私は、突っ伏しながらぶつぶつと呟く。

「しゃべりたくなる、しゃべりたくなる、しゃべりたくなる、しゃべりたくなる、……しゃべりたくナール……あ！」

名前を思い出した！

『しゃべりたくナール』だ！

私は急いでそのページを探した。すると、程なくして該当のページが見つかった。

『おしゃべりキノコ』と『ドンナ草の根』。この二つと水と魔石があればできる！

私はそれをメモに取ると、急いでお父様を探しに部屋を出た。屋敷の中を探すと、お父様は居間のソファに腰かけていた。私は早足で近寄り、早速報告をした。

「お父様、見つかりました！『しゃべりたくナール』という薬です！『おしゃべりキノコ』と『ドンナ草の根』があれば作れます！」

興奮して報告する私に対して、お父様は膝をポンポンと叩《たた》いて、「おいで」と言う。私は、言われるとおりにお父様のお膝に腰を下ろした。

「デイジー、よく聞いて。そのお薬を使われて、殿下に毒を盛ったとしゃべってしまうと、どうなると思う？」

私を膝に置き、抱っこしながらお父様がゆっくりと尋ねる。

「……多分捕まってしまいますよね」

そう答えて、あ、と思った。気がついた。

『この薬は誰かが幸せになって終わる薬じゃない』と。

「お父様、この薬は、王子殿下は御身が安全になるかもしれません。でも、殿下を害そうとした人は、捕まって……罰せられるのですね」

お父様の瞳をじっと見つめて、私は尋ねた。

「そういうことになるね。……おそらく死を賜るか、よくて永久に幽閉だろう」

こくん、と私は頷《うなず》く。

「そうなるとわかっても、デイジーはそれを作れるかい？　……無理なら、作れないと言ってもいいんだよ。お父さんが、ちゃんとなんとか陛下に申し上げるから」

私の作った薬によって、陛下から死を賜るかもしれない人がいる……。私には、とても衝撃的なことだった。

でもその時、甘いパンを献上した時の殿下の無邪気な笑顔を思い出した。あの罪もない私と同い年の殿下を害そうとする人がどこかにいる。……それは嫌だわ。

だって、国王陛下の子供に生まれたからってだけで、あんな辛い思いを何度もするなんてかわいそうだ。そして、何も罪がないのに死んでしまうかもしれないなんて、そんなの酷《ひど》い。

「お父様。私は、薬を作ります……。殿下の笑顔を、守りたいです。それによって誰かが罪に問われることになるとしても」

そう答えて、私はきゅっと口を引き結ぶ。

「そうか」

と、お父様は私をギュッと抱きしめて、私の体に顔を埋めた。

『しゃべりたくナール』が作れるという話と、『おしゃべりキノコ』と『ドンナ草』が必要ということは、お父様から陛下へと伝えられた。

◆

そんな、国の裏側のゴタゴタに巻き込まれていた頃、私は八歳の誕生日を迎えた。

誕生日の朝、私が目覚めると、私の寝ていたベッドの横に一匹の大きな狼《おおかみ》（？）が伏せているのに気がついた。全身を飾る体毛は白銀、瞳はエメラルド。そして、額の中央にも縦長の楕円形《だえんけい》のエメラルドの石が飾られている。体長は大人の背丈ほどありそう。

……大きい。でもなぜ怖くないのかしら？

「あなたはだあれ？」

私は声をかけてみる。すると、のそりとその狼（？）は顔を上げ、伏せからお座りの姿勢に居住まいを正した。

「私は緑の精霊の木の下で生まれ育った、緑の精霊の眷属《けんぞく》である聖獣フェンリルです。緑の精霊王様からのご命令を受け、デイジー様の守護をするために遣わされました」

そう言って、ゆっくりと私にこうべを垂れた。

なんて綺麗な瞳と額の宝石。そしてなんて艶《つや》やかな毛並みなの！　それに、聖獣っていったら、あの伝説の聖なる存在のことよね？　そして、あのお優しい精霊王様が、私のために遣わしてくださった……？

私は、驚きと共に、精霊王様のお気持ちに心が温かくなった。

……と、浸ってないで、まずはお父様に相談よね。こっそり飼えるサイズじゃないわ！

私はフェンリルを連れて屋敷の中にいるはずのお父様を探して歩く。と、ちょうどお父様は、庭の見える居間のテラス近くでくつろいでいるところだった。

「ええと、デイジー。そのお友達はどうしたんだい？」

お父様は、フェンリルの大きさにたじろいでいる。すると、フェンリルは、私に告げたことと同じことをお父様に説明した。

「なるほど……、ただ、聖獣であるということは隠した方がいいかな。『愛《いと》し子《ご》』ということを詮索されかねないからね」

うーん、とお父様は腕を組んで思案する。

「聖獣フェンリル様、大変恐れ多いことですが、対外的にはデイジーの従魔の狼とさせていただきたいのですが、よろしいでしょうか？」

お父様は、膝をついてフェンリルと同じ高さの目線で話しかける。フェンリルは、ゆっくりと頷いた。

「我が使命は愛し子の守護。そのための方便なら、一向に気にはしない。好きにするがいい」

「ありがとうございます。もう一つ、この国のルールとして、魔獣と従魔を区別するために、従魔には首に従魔の証を付けていただくことになりますが、それもご理解ください。それを身につけることによって、デイジーのそばにいていただけるようになりますので」

わかった、というようにフェンリルが頷いた。

「……ところで」

そう言って、ぽんっと音を立てて、フェンリルが子犬の姿に変化した。

「私はこのように小さき姿にもなれるのだが、普段はこの姿の方が都合良いか？」

うわ、可愛い！　私は、うんうん、と大きく頷く。

「……だそうです」

とお父様が笑ってフェンリルに答えた。

「ねえ、あなたには名前はあるの？」

私は、子犬の姿になったフェンリルを抱き上げて聞いてみる。

「いえ、私には名などございません」

ぷるぷると子犬が首を振る。名前がないなんてかわいそうだわ。

「うーん、何がいいかしら。緑の精霊の仲間だから……」

そう言って、悩むと、額に飾られた緑色の宝石が葉っぱのように見えた。

「リーフはどう？」

子犬は、そのキラキラした目を瞬かせた後、嬉しそうに私の頬に鼻先を擦り付ける。

決まりね！

私は、素晴らしい誕生日プレゼントを頂いたのだった。


そして、しばらくして『しゃべりたくナール』の素材集めの予定も決定した。

陛下から指示が出て、王宮騎士団から三名、魔導師団から二名の魔導師と一人の回復師が選出された。もちろんその中にはお父様もいる。彼らは馬に乗って行く。

私とフェンリルの姿に戻ったリーフも一緒に行く。だって採取してくる品の真贋《しんがん》をこの目で確認したいのだ。そして私は馬ではなく、リーフに乗っていくことになった。

リーフは、変化《へんげ》による大きさの違いにも対応できる魔道具タイプの従魔の証を首に下げている。

そして、私が乗りやすいよう騎乗具も付けてもらった。だって毛を掴《つか》んじゃったら痛そうでかわいそうじゃない。

私は魔法も使える錬金術師ということもあって、耐衝撃・耐魔法効果の付いた緩めの子供用ローブと、その下に乗馬用の薄手のパンツを穿いている。そして、いつもポーションを入れているポシェットを肩から下げる。

初めは私を連れて行くことにお父様は渋っていた。でも、リーフが精霊王様から贈られたこともあって、私の身の安全についての悩みが軽減されたのか、私も一緒に行けることになったのだ。

『おしゃべりキノコ』は、王都南東のオークの森に。そして、『ドンナ草』は、王都南西のオルケニア草原にあることも調べがつき、目的地も定まった。

一行のリーダーはお父様だ。

「まず、オークの森に行く。複数のオークが現れて混戦になる可能性もあるので、気を引き締めて行くように！」

そう、お父様が指示すると、「はっ！」と一行が返事をする。

「出発！」

お父様の号令で、一行はまずオークの森をめざして走り出した。

騎士達を先頭にして、私達一行は王都南東にあるというオークの森をめざして進んでいく。青い空は広々と広がり、その下には緑に繁《しげ》る草原と、一筋の道が延々と続く。王都では全く味わえない開放感に、私は一つ大きく背伸びをした。

すると、お父様が私と並んで話しかけてきた。

「確か、デイジーは水魔法で氷を操れたよね？」

「はい」

私は、リーフの柔らかい体毛の上で、その背の動きに揺られながら答えた。

「だったら、魔獣が現れた時は、まずは氷で足元を狙って動きを止めてくれると助かる。騎士団の人達が動きやすくなるからね」

そういえば、参加するにあたって、魔法の使い方なんて考えてなかったな、私。一緒に戦うということは、その人達が戦いやすくすることも大切なのね。私は頷いて頭の中で覚え込む。

「あとは、魔法の種類は問わないが、狙えるなら、脚の腱《けん》を切るのもいい。相手の動きを奪えば、こちらの安全度は格段に上がるからね」

私は、うん、と頷いた。

「あとは、自分が攻撃する時は、相手の眉間や首、心の臓がある場所を狙うと効率的に倒せる」

そうやって、お父様に、魔導師としての戦い方や、騎士団の人達との連携の仕方などを教わりながら進んだ。お父様の教えはとても勉強になった。

そのうち、道の先に鬱蒼《うっそう》とした森が広がっているのが見えてきた。

「あれがオークの森だな」

お父様が指を指して教えてくれる。

「オークというのはね、単体であればそこまで恐れるような魔物じゃないんだが、群れをなす習性があってね。大きな群れになると、オークキングを筆頭に、オークジェネラル、ハイオークといった上位種を含んだ群れになるんだ。そうなるとかなり厳しい戦いになる。だから、軽視しちゃダメ

だよ」

森に着くまでの間、そういったオークの生態について教わった。

森の入口に着いた。馬に騎乗していた人達は、馬を下り、手綱を木などに固定する。

私はリーフを連れて、ちょうどみんなの真ん中辺りで守られるように進んでいくんだけれど、それっぽいキノコはなかなか見つからない。

すると、行く手に二体のオークがウロウロしており、一体が逃げ、一体がこちらにやってきた。

「やあああ！」

先行していた騎士の一人がその首を綺麗《きれい》にはねる。ゴロリと、地面に首が転がった。

「一体が奥に逃げました。援軍を呼びに行った可能性もありますので、警戒をお願いします」

騎士がそう全員に伝えると、皆が頷いて辺りを警戒した。

『あ、「おしゃべりキノコ」が生えている！』

足元を見て、そう思った時だった。

「前方から来ます！　四、五……オーク三体に、ハイオーク二体です！」

その言葉に全員が警戒態勢に入る。

「氷の嵐《アイスストーム》！」

私は、オークの群れに向かって足元に氷結魔法を仕掛けた。すると、オーク達の足が凍り付き、歩みが止まる。

「助かります！」

騎士達が礼を言って、オークに向かってかけていく。二人の騎士は、それぞれ綺麗に一体ずつオークの首を狩る。

「風の刃《エアカッター》！」

お父様がハイオーク一体を、もう一人の魔導師がオークの最後の一体の首を薙《な》ぐ。

残りはハイオーク一体。

リーフが駆けて行って、その首に噛《か》み付き、食い破った。

「終わったか！」

お父様が辺りを確認するように、メンバーの者に促す。

が、しかし。

「奥からオークジェネラル、三体来ます！」

「……あれが三体もいるとなると……」

「……後ろにキングがいると思った方がいいでしょうね」

ハイオークよりもさらに一回り大きく、帯剣したオークがやってくる。

「氷の嵐《アイスストーム》！」

多分あれはさっきのより断然強い。同じ魔法ながら、しばらく魔力を練って威力を上げてから解き放つ。

二体は足止めに成功したが、一体を取り逃した。

「上出来だ、デイジー！　風の刃《エアカッター》！」

そう言ってお父様が、私の取り逃がした一体の脚の腱を薙ぐ。ドウッ、と音を立ててオークジェネラルがその場に崩れ落ちた。

すかさず騎士二人が、倒れた一体の眉間に剣を突き立て、足止めを食らって立ち尽くす二体目の首を切り裂く。頭を突かれたオークから剣を引き抜いた騎士が、身を翻して残り一体を仕留めようとした、その時。

ガンッ
と、重い金属同士がぶつかり合う鈍い音がした。その重い剣の衝撃に、騎士がガハッと血を吐いて倒れた。そこには、群れを蹂躙《じゅうりん》され、怒りに目を血走らせたオークキングが立っている。剣戟《けんげき》はソレの打ち下ろしたものだった。

すかさず、回復師が倒れた騎士に向かって回復をかける。

「ハイヒール！」

すると、倒れた騎士が、剣を支えにして立ち上がる。

オークキングと足元の氷結が回復したオークジェネラルの二体を中心に、僅かな隙を探すように私達は睨《にら》み合《あ》っている。

その時、リーフが私に小さく耳打ちした。

「アレに向かって『茨の鞭《ローズウィップ》』と唱えなさい」

言われたとおり、私はオークキングとオークジェネラルに向けて片手を差し出して唱えた。

「茨の鞭《ローズウィップ》！」

するとたちまち地中から、木の幹から、茨の蔦《つた》が勢いよく襲いかかり、オークキングとオークジェネラルの体をグルグルに拘束する。オークキング達は抵抗しようと剣を振るうが、切っても切っても次々と新たな蔦が襲いかかる。そして暴れれば暴れるほど、その拘束はきつくなる。とうとうオークキング達は立っていられなくなり、ドウッ、ドウッと地響きを立てて倒れ込んだ。

「……これはすごい魔法ですね」

騎士は、抵抗できなくなったオークキング達を見下ろし、ほっとした表情でその見事に拘束された有様に感嘆する。

「土魔法の一種なんです」

私はそういうことにしておいた。多分、緑の精霊関係の魔法だと思うけれど、ね。

「これがなければ、もっと苦戦していたでしょう」

そう言って、騎士二人でトドメの一撃をそれぞれ加えて葬った。すると、蔦はスルスルとほどけ、やがて土に、木の幹に取り込まれて消えた。

私達は、オークとの戦闘の間に見つけた『おしゃべりキノコ』の中から品質の良いものを数株採取して、次の目的地に向かうことにした。

王都の南東にあるオークの森を出て、また街道沿いに、今度は西のオルケニア草原をめざして馬（私はリーフ）を歩ませる。

すると、前方の街道の脇に森があり、そこでオーガ達に襲われている馬車と、それを守ろうと苦戦している冒険者達が見えた。オーガは森からはぐれ出てきたのかしら？

「加勢しますか？」

騎士がお父様に尋ねる。

「当然だ、行《ゆ》くぞ！」

お父様が号令をかけると、全員その馬車を救うべく全力で馬を走らせた。リーフも併走する。

「デイジー嬢、さっきの土魔法の捕えるやつ、行けますか？」

騎士が私を振り返りながら尋ねる。

私は、大きく頷《うなず》く。

「やるわ！」

すると、リーフが少し速度を上げる。見ると、オーガ三体に冒険者四人。怪我《けが》人も出ているようで、冒険者が押され気味だった。

魔法の射程距離に入ってきた。

「加勢します！　茨の鞭《ローズウィップ》！」

片手で頑張ってリーフの手綱を握りしめ、片手でオーガに向けて魔法を放つ。

三体のオーガに地中から幾百という数の茨の蔦が生え、襲いかかる。オーガ達は新たな邪魔者を排除しようと蔦に殴りかかるが、切っても切ってもそれは数を増して襲いかかってくる。やがて、オーガ達は茨の蔦で簀巻《すま》きにされて、地面に三体仲良く転がった。

突然今までの危機的状況から解放された冒険者達は、呆然《ぼうぜん》としていた。

……いや、ぼーっとしてないで倒しましょうよ！

オーガ達は、その後駆け付けた騎士の手によって、綺麗に首を落とされた。騎士達は安全に討伐ができて嬉しそうだ。

「いやー、こういう遠征ならいつでも大歓迎だなあ」

「デイジー嬢、騎士団に入りませんか？」

……まさかの騎士団勧誘がきた！

「ダメですよ！　私は錬金術師としてアトリエ開くって決めているんです！」

私は騎士団入団のお誘いを丁重にお断りした。そんなおしゃべりをよそに、回復師のお姉さんは怪我をした冒険者達の治療にあたっている。

すると、ガチャリと音がして馬車の扉が開き、中から恰幅《かっぷく》の良い裕福な身なりの壮年の男性と、中年の女性が降りてきた。そして、馬車から降りては来ないが、中に少女っぽい人の影があった。

「私は王都で商売をしております、オリバーと申します。この度は、危ないところをお助けいただき、本当にありがとうございました。中に娘もいるのですが、足に少々難がありまして、馬車から出てくるのが難儀なため、ご挨拶できず申し訳ありません」

そう言って、商人の男女が私達一行に頭を下げる。

「感謝を言うなら、このお嬢様にだな。オーガ達を捕えてくださったのはこの方ですから」

騎士の一人がそう言って、私に話を振る。

「この可愛《かわい》らしいお嬢様がですか？　こんな年頃であんな魔法をお使いになられるとは、天才という方はいらっしゃるんですな！　お嬢様、助けていただき、ありがとうございました」

そう言って、オリバーさんが深々と私に頭を下げる。私は、苦笑いしていえいえと恐縮するばかりだった。

「あ！　そうだ、お嬢様、少々お待ちください」

そう言ってオリバーさんは、馬車の中に入って何かゴソゴソしてから戻ってくる。

「お嬢様にお贈りするにはささやかな品ですが、お礼の気持ちとしてこちらを受け取っていただきたく……」

そう言って、オリバーさんが差し出したのは、小さなアクアマリンが小花を型取り、小さなペリドットが横に添えられた葉として用いられた、可愛らしい髪留めだった。……いいのかしら？

お父様に顔を向けて、目配せで受け取っていいか尋ねる。お父様は頷いた。

私達の隊は、公式な国の軍としてのものではない。対外的な立場としては、あくまで採取が必要な『一人の錬金術師の護衛』として派遣されたメンバーである。ささやかな感謝の気持ちまで拒絶しなくてはならない厳格さはなかったようだ。

「お気持ち、ありがとうございます。とても可愛らしい品で、嬉《うれ》しいです」

お父様の肯定を受けて、私はその小さく可愛らしい品を笑顔で受け取り、礼を述べた。

やがて、オリバー一行を守るべき冒険者達の回復も終わり、彼らに別れを告げると、私達は再び西へ歩を進めるのだった。

結局、オルケニア草原自体では魔物とは遭遇せず、採取に専念することができた。その結果、

『ドンナ草』は、程なくして見つかった。

『ドンナ草』は、葉と実に毒性を持つ植物である。そのため、フルプレートアーマーを装備した騎士にその植物を引き抜いてもらい、根を採取した。

これで、必要な材料は揃《そろ》ったのであった。

◆

私は、国の騎士さん達との採取を終え、自宅に帰ってきた。すると、ちょうど厨房《ちゅうぼう》へ向かうミィナとすれ違った。

「おかえりなさいませ、デイジーお嬢様」

ミィナは、お辞儀をして迎えてくれた。

気持ちが落ち着くまでの間、我が家の客として扱っていたミィナは、『デニッシュ』作りを一緒にしてからというもの、暇さえあれば厨房へ見学しに入り浸り、その結果、彼女は我が家の厨房で使用人として働くという選択をしたのだ。部屋も空いていた使用人用の部屋に移り、今は使用人として見習いから始めて厨房で働いている。

ちなみに、私がアトリエを開く時までにしっかりボブとマリアから学んで、将来は私のもとで調理人として働きたいと言ってくれている。私は料理ができないからとってもありがたい！

今のところ、私についてきてくれるのは、マーカスとミィナ。それとリーフ。今度、三人で将来のアトリエについて、お話ししたいな。

ミィナと別れたあとは自室に着替えに行き、『しゃべりたくナール』を作るために、実験室に移動したのだった。ちなみに、普通の令嬢であれば着替えは侍女に手伝ってもらうものだが、私の場合独立することが前提にあるので、訓練を兼ねて極力自分のことは自分でするようにしている。

実験室に入る。

『おしゃべりキノコ』と『ドンナ草の根』。二つの素材を並べ、作る手順を考える。

重要な薬だもの、慎重に作るに越したことはないわね。

そのため、前に『強力解毒ポーション』を作った時のように、素材ごとにエキスを抽出してから混ぜてみることにした。『キノコ』を素材にすることは初めてだから、抽出温度とかは手探りだ。

そもそも、素材全部をまとめて放り込んでいた今までの方法は、運良く上手《うま》くいっていただけで、ちょっと雑だったのかもしれないと、前回の緑のどろどろ産業廃棄物で反省していたのだ。

まずは、『おしゃべりキノコ』。

みじん切りにして、少なめの水と一緒にビーカーに入れて加熱する。

【喋りたがりエキス？？？】
分類：薬品のもと　品質：低品質（マイナス３）
詳細：成分の抽出ができていない。

少し経つと、ビーカーのガラス面に小さな気泡が付き始め、だんだんその気泡が大きくなってくる。そして、気泡がポコポコと水面に昇っていくようになってきた。

【喋りたがりエキス】
分類：薬品のもと　　品質：低品質（マイナス1）
詳細：成分が少し溶け出し始めている。

じゃあ、この温度で保てるように、加熱器を調整して……と。

【喋りたがりエキス】
分類：薬品のもと　　品質：高品質
詳細：成分が十分溶け出している。

しばらく加熱を続けると、エキスをちゃんと取り出すことができた！
……キノコも高い温度には弱そうね。ひとまずエキスの片方は完成だわ。
次は、『ドンナ草の根』をみじん切りにして、水と一緒にビーカーに入れる。

【誘惑エキス？・？・？】

分類：薬品のもと　　品質：低品質（マイナス3）
詳細：成分の抽出ができていない。

もう少し経つと、気泡が大きくなってきた。そして、予想通り沸騰前まで行っても状態は変わらない。根っこが素材の場合は、沸騰させないと成分が溶け出しにくいのだろうか？　私は、今後の参考のために、ノートにメモをする。

そうこうしていると、沸騰が始まった。

ポコポコと気泡が泡立つ中、『ドンナ草の根』のみじん切りが踊っている。

よし、やっぱり沸騰させても大丈夫！　なら、このまま続けて……。

【誘惑エキス】
分類：薬品のもと　　品質：高品質
詳細：成分は十分抽出されている。

しばらく煮込むと、エキスをちゃんと取り出すことができた。

……うん、二つ目のエキスも完成したわ！

じゃあ、手順の最後、魔石を使って二つのエキスを反応させよう。喋りたがりエキスの中に魔石を入れ、だいぶ冷めてきた誘惑エキスを加える。そして、丁寧にかき混ぜていく。

【しゃべりたくナール？】
分類：薬品　　品質：低品質（マイナス3）
詳細：複数の成分同士が反応できていない。

そのままの温度であまり反応に進行が見られないので、慎重に加温していく。やはり、沸騰前であれば品質の低下は見られないので、そこまで上げて、その温度をキープする。

【しゃべりたくナール】
分類：薬品　　品質：低品質（マイナス2）
詳細：複数の成分同士が反応し始めている。

うん、品質は上がってきている。このままいけばできるはず……。
私は、棒でゆっくりかき回していく。
すると……。

【しゃべりたくナール】
分類：薬品　　品質：高品質

詳細：飲んだ量に応じた一定時間、飲まされた相手を好意的に感じ、素直になってしまう薬。悪用してはいけない。

……『悪用してはいけない』。


そう、そういう薬を私は作った。作ることができてしまったのだ。

確かに私は、殿下の笑顔を守るために薬を作ろうと決心した。そこに、誰かの犠牲があろうとも。だって、その時にはそれが正しいことだと思ったから。

けれど、実際に薬を作ってみて、その事実に足が竦んで動けなくなってしまった。

錬金術師が、『正しいこと』のために何かを生み出してみても、作り手の思いとは関係なく、使い手次第で悪用できるものもある。

そして、私にはそういう二つの顔を持つものを作り出す『力』があるのだということを、初めて知った。

初めて、この自分の『力』を、怖いと思った。

私は、この怖い、という思いは絶対心のどこかに留《とど》めておこうと思った。

『しゃべりたくナール』は、お父様を通じて国王陛下へ渡してもらった。

程なくして、有力貴族が王家に対する殺人未遂容疑で捕まったと、王都中が騒ぎになった。

事件の黒幕は、とある侯爵とその娘。一夫一妻を貫く王に、自分の娘をそばへ送ろうとしても断られ、ならば跡継ぎがいなくなればと王子殿下の殺害を目論《もくろ》んだ。また、娘は娘で、寵愛《ちょうあい》を受ける王妃殿下憎さのあまり、王妃殿下に毒を盛らせたことがあったということが判明した。その家は貴族籍を剥奪《はくだつ》され領地は召し上げ、そして、黒幕の二名は死を賜った。

……王家の方々に毒を盛った罪人とはいえ、私の薬を拠《よ》り所《どころ》として二人の人間の命が露と消えた。

その街の噂《うわさ》を聞きながら、私は一人、自分の部屋でリーフを抱き抱えながら震えていた。当初の望みどおり、殿下に身の安全を与えて差し上げられた。けれど、その一方で、罪人とはいえ、私は人の命を奪うことに関わったのだと知ったからだ。そんな私に、リーフはただ静かに寄り添ってくれていた。

その時、私の部屋の扉をノックする音がした。

「入っていいかい？」

それはお父様の声だった。

「どうぞ」

そうお父様に答えて、ベッドに横たえていた体を起こし、ベッドに腰かけて身嗜《みだしな》みを整える。リーフは床に降りてお座りの姿勢を取る。

「……デイジーが、悩んでいるのではないかと思ってね」

扉を開けて、私の部屋に入ってきたお父様は、ベッドに座る私の横に並んで腰を下ろす。そのお父様に、私はぎゅうっとしがみつく。

「私がしたことは間違いだったのでしょうか。私は、罪人とはいえ、人の生死の分かれ道に、決定打となる薬を作ってしまいました。私はそんな自分の力が、怖くなりました……」

私は、お父様の胸の中で、震える声で尋ねる。

「デイジー、君は何も間違ったことはしていないよ。でもね、君が『怖い』と感じることができたのは、君の一つの成長の証《あかし》なんだよ」

お父様は、優しくゆっくりと私の背を撫《な》でてくれる。

「物事には表裏というものがある。……今回のように、人の生死に関わることもそうだね。力を持つ者は、それらに大きな影響力を持つんだ。それは、錬金術師であろうと魔導師であろうと同じだよ」

魔導師であろうと同じ、というお父様の言葉に、私は顔を上げる。

「お父さんもね、自分の力を怖いと思ったことがある。悪質な盗賊団を捕まえる仕事の時にね、お父さんの使った魔法の威力が強すぎて、盗賊の一人を殺してしまったんだ。その時にね、とても悩んだんだよ。魔導師を続けていいのかってね」

私は、お父様が静かにゆっくり語る言葉に、黙って耳を傾ける。

「大きな力が、時に凶器にもなり得るのは確かだ。でもね、それを恐れすぎてもいけない。それは人を幸せにし、護《まも》る力にもなるんだからね。君が、殿下のことを護ったように」

私は、その言葉に大きく瞳を見開く。

「デイジー、君はまだ子供だから、まだ時間は沢山ある。時間をかけて世の中のことを知り、多くの人達に学び、君の力の使い方を見つければいい。勿論《もちろん》、お父さんだってその手助けは惜しみなくするよ」

お父様はそう言って、ゆっくりとしがみつく私の体を離し、私の胸に手を添える。

「そうしたら、いつか、デイジーのここに答えは見つかるから」

そう言って、穏やかに微笑《ほほえ》みかけてくださるお父様。

お父様の言葉と微笑みに、ようやく私の体の震えは止まり、ほんの小さくだけれど笑顔を浮かべることができた。

「お父様、ありがとう。私は、その答えをゆっくりと探そうと思います」

笑顔を取り戻した私に、リーフは嬉しそうにすりっと頭を擦《す》り寄せる。まるで、リーフまで私を応援してくれているようだった。

◆

私は、その噂もまだ鎮まらぬ頃、国王陛下にお父様と共に王城へ呼ばれた。

密会用サイズの小さな部屋へ案内される。陛下は、その部屋の窓辺に立っておられた。

「此度《こたび》は、まだ幼いそなたを、国の醜い争いに巻き込んで済まなかったと思う。だが、おかげで、私は愛する家族の安全を得られた。……心から感謝する、デイジー」

陛下が立っている窓からは、明るい日が差し込み、美しい花が咲き乱れる庭で散歩をする、王妃殿下と小さな両殿下が楽しそうに笑っているのが見える。その笑い声が、この部屋の中にも漏れ聞こえる。とても、幸福そうな笑い声が。

陛下は私に向き直っておっしゃった。

「全てそなたの作ってくれた薬のおかげだ。デイジー、私に可能なことであればなんでも望みを叶《かな》えよう。そなたは何を望む？」

「……二度とこのような薬を作ることをお命じにならないとお約束ください。私は未熟者なのです。ただ、己の正義感にかられただけ。そして、このような薬を作る意味も深く理解せず、覚悟も判断力もないのに作ってしまいました」

陛下に拒絶の意を表すなど、とても恐れ多いことを言っていることはわかっていた。

でも私は、自分が錬金術師として、その力の使い方もわかっていない、未熟な子供であることをようやく知ったばかりだ。だから、まだそこは私が手を出してはいけない領域なのだと心に決めた。

けれど、陛下にはただひたすら申しわけなくて、陛下に頭を下げた。

「そのようなこと、誰も幼いそなたを責めはしない。よいのだ。それで、望みはないのか？」

「十歳になった暁には、私は一介の錬金術師として街のアトリエにて独立したいと思います。それが叶うのでしたら何もございません」

私は静かに陛下に望みを答えた。

「……わかった。そなたのアトリエの開設にあたっては、できる限りの便宜を図ろう。代金も、家族の安全を得られたことに値する額を後ほど送ろう」

「……ありがとうございます」

こうして、私は、この事件で自分の未熟さというものを知り、ただの無邪気な子供から少し大人になったのだ。

ただ幼い頃から憧れていただけだった未来のアトリエは、私が世の中のことをもっとよく知り、多くの人々と出会い、彼らから沢山のことを学ぶ場所になるのだろうか。

そうして、私は自立するための準備を始めるのだった。

第十三章　開店準備

この国でお店を開くには、国で管理されている商業ギルドに登録が必要だ。そして、商業ギルドに登録できるようになるのは十歳。あと二年あるからじっくり進められる。でも、商業ギルドには、早めに挨拶をしておいてもいいかもしれない。

それまでに、どんな店を持ちたいか、対象顧客はどうするか、必要な間取りや畑の規模などを決めて、そこからどれくらいの規模の物件が望ましいかを考える。

そこまで決まったら、アトリエになる物件を探す。

問題ないのは多分予算だけかしら……。私は使える自分のお金を計算して、ちょっと絶句したところだった。

……お金ありすぎでしょ。

これだったら、王都の一等地でも買えてしまうし、欲しい機材もオーダーメイドした贅沢《ぜいたく》なものを買えてしまう。いや、この時のためにお父様にお願いして貯金しておいてもらったんだから、いいのかしら？

と、居間で色々とメモ書きがてら洗い出しをしていたら、ミィナがやってきた。

「新作の『デニッシュ』なんですが、午後のデザートとして試食してみていただけませんか？」

そう言って差し出された小皿には、親指と人差し指で軽くつまめるくらいの、四角い形に整えた小さな『デニッシュ』がふたつ載せられていた。『デニッシュ』の上には、カスタードクリームとシナモンがけの煮リンゴ、もうひとつはリンゴの代わりにシロップ煮の桃を載せてある。

「うわあ、可愛《かわい》い！」

私は両手を胸の前で合わせて感嘆した。その横で、ケイトがタイミングよく紅茶の準備をしてくれた。フィンガーボウルも置いていってくれる。

桃の方を指でつまんで、サクリと半分齧る。ほろりと崩れるサクサクの生地に、とろりとしたカスタードクリーム、そして、優しい甘さで煮られた桃。とろりとしたクリームに生地が溶け込んで口の中で一体になる。もう一口口に入れて、桃の方を完食する。

「ん～！　美味《おい》しい！」

私は、その甘い『デニッシュ』を絶賛した。

「嬉《うれ》しい！　私が考えて、自分で作ってみたんです！」

ミィナが嬉しそうに花も綻ぶような笑顔を浮かべる。

……ん？　ミィナが作った？

「バター伸ばすのも自分でやったの？」

あれは女の子には無理よね？　と記憶をたどって、質問する。

「あ、あれはですね、バターを最初に薄くスライスしたんですよ。そしたら私でも作れました！」

にっこり笑って答えるミィナ。

……うーん、賢い。

ちなみにミィナは、洗礼で頂いた職業も『調理人』なのだそうだ。やはり、神様からの適職には、その職業に対する発想力とか技術力の伸びとかにも影響あるのかしらね？　適性っていうのかしら。

実際、ミィナの料理の腕の上がり方は、ボブとマリアからも絶賛されていた。

「あの、デイジー様。先々作られるアトリエのことを考えてらしたのですか？」

立場的に恐縮しながらも、気になるのか質問してくるミィナ。

「うん。まだ二年あるけれど、どういうお店にするか考え始めようと思って。そうだ、ミィナも来てくれるんだもの、何か要望はある？」

もともと厨房《ちゆうぼう》周りの要望は、ミィナに確認しようと思っていたところだ。ちょうど良いと思って話を持ちかけてみた。

ところが、帰ってきた返事は、予想外のものだった。

「あのですねっ、もしできたらなんですけれど……アトリエのお隣にパン工房を併設っていうのはダメでしょうか？　このデイジー様考案の美味しいパン達を、他の人達にも食べて欲しくって……！　買って帰るのもいいし、お腹《なか》のすいた冒険者さん達がその場で食べていけるとか……！　そんなの、いいなあって、思って……！」

両手を顎あたりで絡めてモジモジいじりながら、パン作りをするうちに描いた夢を語るミィナ。

この国では、基本的にパンは平民も貴族も各家庭で焼くものだ。たいして発酵もしていないそれは平べったく美味しくはない。現在存在しない『パン工房』という発想がいい。面白いわ！

「……パン工房、かあ。斬新ね！　そして、きっと近所に焼きたてのいい匂いを振りまくのよね……」

そのパンの焼ける匂いで、人を呼べそうな気がした。

ミィナは、うんうん、と大きく頷《うなず》いている。

「ミィナ、ちょっと隣に座ってくれる？」

私は、私の座っているソファの隣の空きスペースをポンポンと叩《たた》いた。

「……失礼します」

お辞儀をしてから、ミィナは遠慮がちにソファに腰を下ろす。

私は、ノートに絵を描き出す。

向かって右側にアトリエの建物。アトリエは、入口の扉からお客さんが入ってきて、カウンター越しに接客する。店員側には、劣化防止の効果を付与したポーション類をしまうための特殊な棚が欲しい。そして、今の実験室規模よりは広めの調合スペースを奥に置いて……。

お金の管理や計算をするスペースも必要だ。

そして、その左隣に、オープンスペースで食事をしていけるちょっとした場所がある。幾つか置かれた椅子とテーブルでパンを食べている人達。持ち帰り用のパンの見本を飾っておける棚と、衛生面を考えて、実際に商品にするパンをしまっておく棚。そこで働いているミィナがいる。

そして、二階には私達の生活スペースが必要よね。

と、そんなことがわかってもらえそうな絵を描いてみた。

……絵自体は上手じゃないけどね（とほほ）。

「はわわわわ……！　すごいです！」

でも、ミィナはその絵に感動したようで、目がキラキラしている。しっぽの先がぱったぱったとソファを叩く。

「あっ！」

と言って、手で慌ててしっぽを押さえるミィナ。やっぱり可愛い。

「となると、建物の大きさも倍になるし、厨房にはまとめてパンを焼けるような大きなオーブンがあると便利なのかなあ。それとは別に、私達の食事用の小さなオーブンもあった方がいいかな。うん、建物が大きくなれば裏庭も横に広くなるから、畑スペースも広く取れるかあ」

私は隣に座るミィナに尋ねる。

「パン工房併設にすると決めたら、ミィナにしっかりパン作りを含めて料理の勉強をしてもらうことになるけど、頑張れる？」

私の質問に、ミィナは目を輝かせて嬉しそうに「はい！」と答えた。

私は店の主人として、経理関係の勉強をしなきゃいけないよね。

大変だあ、と思いながら、残りのリンゴの『デニッシュ』を頬張《ほおば》った。

◆

ある日、お仕事から帰ってきたお父様が、一通の封書を私に手渡した。見ると、封蝋《ふうろう》は王家の紋

章だった。

「陛下からだよ。この国の商業ギルドは国の監督下にあるから、便宜を図れるだろうとおっしゃって、国王陛下が推薦状を書いてくださったんだよ」

うーん、そういえば前回お会いした時は、なんとなく気まずい雰囲気でのお別れになってしまったし……。お礼状と一緒に、少し目新しい贈り物をして喜んでいただきたいなあ。

そう思って、厨房にいそうなミィナのもとへ足を運んだ。

「ねえミィナ。あなたのこの間の『デニッシュ』の新作、陛下への贈り物にしたいのだけれど、作れるとしたらいつになるかしら？」

自分の『デニッシュ』を『陛下に贈る』と聞いて、びっくりしてミィナのしっぽがぶわっと毛が逆だって太くなる。

「はわわわわ……陛下にですか！　『デニッシュ』を作る作業を優先してお仕事してもよろしいのでしたら、最短で明後日の朝にはできます」

そう言って、彼女の上司である料理長のボブに視線をやる。お願いよ、ボブ！

「私とマリアでフォローしますから、その日程で大丈夫ですよ、お嬢様」

どんと胸を叩いて、任せてください！　と言ってくれるボブ。隣でマリアも頷いている。

「みんなありがとう！　じゃあ、よろしくね！」

その後、「数はお幾つ用意しましょうか？」とミィナに確認されたので、「ご家族四人分の四個以上で、作りやすい個数でお願いするわ」と、ミィナにお任せしてみることにした。

翌々日、準備してもらった『デニッシュ』は、四人分各二個ずつの八個。この間のカスタードクリームの上にリンゴと桃を飾ったものだ。それと私がしたためた礼状を持ってお父様に出勤してもらった。

その日帰ってきたお父様曰《いわ》く、陛下にとてもお喜びいただけたそうだ。

うん、良かったわ！

そして、平日のある日、休暇を取得してくれたお父様と一緒に、商業ギルドへ事前に挨拶に行くことにした。

私は、よそ行きのワンピースを着て、髪をお下げに結い、以前助けた商人さんから頂いたアクアマリンとペリドットの髪飾りをつけて行くことにした。

商業ギルドは、街の中央通りに大きく構えた、高くそびえる建物だった。

一階から最上階まで全部が、商業ギルドのために使われているというのだからすごいわ。まあ、この国で商売をしている全ての店を統括しているのだから、当たり前といえば当たり前なのかしら。

私達は、建物の一階の入口から入ってすぐそばにある、受付カウンターへ向かう。

「いらっしゃいませ。どのようなご要件でしょう」

受付の女性が尋ねてくる。お父様が私を抱き上げた。すると、受付嬢にも見やすい高さに私の顔が移動する。

「プレスラリア子爵と娘のデイジーです。娘が、先々この街で店を構えようとしていまして。その事前のご挨拶に伺いました」

そう言って、王家の封蝋の押された推薦状を受付嬢に差し出す。

「まあ、国王陛下からのご推薦で開業ですか。上の者に取り次ぎますので、そちらのソファでお待ちください」

受付嬢は推薦状を父に返して、一礼をしてからその場を立ち去った。

しばらくソファで待っていると、先程の受付嬢が戻ってきて、ソファに座った私達のもとへやってくる。

「プレスラリア子爵とデイジー様、ギルド長がお会いになるそうです。こちらへどうぞ」

そう言って、ある扉の前まで案内される。その扉は、開くと数人が入れるほどのただの箱にしか見えなかった。

「この小部屋の中に入るのですか?」

私はこの小部屋になど入ってどうするのかしら? と疑問に思って受付嬢へ尋ねた。

「お嬢様は『昇降機』は初めてでしたか」

よくある反応なのだろうか、受付嬢はにこりと微笑《ほほえ》むと、慣れた様子で説明してくれる。

「私共の建物は高いので、魔道具の『昇降機』を使って階の上下を移動できるようにしているんです。魔石で動いているんですよ」

受付嬢は説明しながら、身振り手振りで私達を中へ誘導し、『昇降機』を操作して動かす。ウイーンという音と共に上へ動いているというそれは、なんだか足元が少しふわっとする感じがして不

って挨拶をしてきた。

「面会室はこちらです、どうぞ」

『昇降機』を下りると、幾つか扉があるうちの一つに案内される。受付嬢がノックをしてから扉を開けて、私達に中へ入るように促してくる。部屋の中へ入ると、恰幅《かっぷく》の良い壮年の男性が立ち上がって挨拶をしてきた。

「プレスラリア子爵とデイジーお嬢様、お初にお目にかかります。わざわざご足労頂いてありがとうご……」

と、男性の言葉が驚きで途切れる。彼は、以前オルケニア草原に採取に行った時に助けた商人の男性じゃない！　私とお父様も、見知った顔に驚いて目を見張る。

「あの時助けていただいた……！　私、この国の商業ギルドのギルド長を務めております、オリバーと申します。いやいや、またお会いするとは、ご縁がありますな！　ささ、おかけください！」

私とお父様は勧められた席へ腰をかける。

「全く、偶然とはいえ驚きました。私はヘンリー・フォン・プレスラリア、この子は娘のデイジーと申します。娘が二年後に錬金術のアトリエを開業しようとしておりまして、本日は、その件で事前にご挨拶に伺いました」

そう言って、お父様が挨拶をしながら、国王陛下から頂いた紹介状をオリバーさんに差し出す。

「失礼いたします」

オリバーさんは、そう一言ことわってから紹介状を受け取りナイフで封を切る。その中の書面を読んで、ふむふむと頷いている。

「……なるほど。デイジーお嬢様は既に優れた錬金術師としての腕前をお持ちで、国に対してポーション類を販売されていた実績があると。それを誰もが購入できるように、街にアトリエをお持ちになりたいと考えておられるのですね」

オリバーさんに問われ、私が答える。

「はい、主にポーション類を売りながら、錬金術によってできる、ふんわりと膨らんだ柔らかくて美味《おい》しいパンも販売する予定です」

柔らかいパン、という単語にオリバーさんは不思議そうな顔をする。

「パンというと各家庭で作る平べったくて、あまり美味《うま》くもないものという印象しかありませんが、錬金術で美味しいパンまで作れるのですな。そういうものを置くのであれば、既存の錬金術のアトリエと比べると目新しさがあって差別化ができますな」

そう言いながら、オリバーさんは、『規約』と書かれた一冊の本と、『仮登録申請書』と書かれた一枚の紙をテーブルの上へ載せた。

「お嬢様の場合、まだお年が下限の十歳に達しておられませんから、今は本登録ができません。ですが、『仮登録』という形で、事前に商業ギルドに開店許可を取り付けておくことが可能です。こちらでしたら仮登録の手続き料は必要になりますが、今でも登録可能ですし、安心して開業準備も進められるかと思います」

そう説明を受けて、私はお父様と顔を見合わす。登録料納付の前に事前に仮登録料を支払っておくことで、開業準備を安心して行えることと商業ギルドとの関係を構築できるなら上々でしょう。よく聞いた、お父様のお言葉的にいえば、投資（?）。大人っぽく考えてみたけれど、使い方合っているかしら。

そういうわけで私は、『仮登録申請書』に名前や住まい、保証人（お父様）などの必要事項を記入し、料金を支払って手続きした。

『仮登録』についての手続きは終わった。すると、オリバーさんが、おもむろに、身を乗り出して別の話題を持ち出した。

「ところで……、国王陛下からの推薦状には、お嬢様は『優れた錬金術師』と紹介されておいでです。それにすがる思いで、一つ、私からご相談させていただけないでしょうか」

オリバーさんの目は真剣そのもの。

私はお父様と目を合わせ、目線で確認をしてから、「どのような件でしょう?」と、相談を聞くことにした。

「娘の足についてです」

オリバーさんが言うには、娘のカチュアさんは、数年前、草むらに潜んでいた『石化蛇《ストーンバイパー》』の子供に左足首を噛まれ、左足首から下が石化したまま治らないのだという。

王都内の錬金術師や医師に問い合わせても、石化を治すための方法は見つからず、娘さんは不自由な生活を強いられているそうだ。

「不自由な足のままでは、商売人になりたいと言っている娘の行動も制限されます。何より、女の子なのにあの足では嫁入りにあたって妨げにしかならないでしょう。最近は引きこもりがちで、私はあの子が不憫《ふびん》でならないのです」

そう言ってオリバーさんは、両手で顔を覆ってしまった。

「今の段階で必ず治せるとはお約束はできませんが、家に帰って調べてみます」

ひとまず私は、治せる可能性について探りたかった。歳の近い女の子がそんな不自由をしているなんてかわいそうじゃない。だから、力になってあげられればと思ったのだ。

「ひとまず調べていただくのに銀貨三枚、もし薬を作っていただくということになったら、作製費用は必要な材料にもよるでしょうから、あらためてご相談させていただくということでいかがでしょうか」

私は、お父様の顔を見る。特段ダメという反応もなかった。

「わかりました、それでお引き受けいたします」

私は、こくりと頷いた。

「ありがとうございます！　よろしくお願いいたします！」

そういうと、オリバーさんは立ち上がって私の両手を自分の両手で取りがっしりと握った。あとで、子供とはいえ貴族の女性相手に馴《な》れ馴《な》れしいと気づいたのか謝られたけれど。

私は、銀貨三枚を受け取り、石化を解除するための方法を探ることになった。

◆

私は、自室で『錬金術教本』をめくりながら、石化の解除について探した。今は机の上にそのページが開かれている。そして、他にも、参考にした本が何冊か開かれたままだ。

うん、見つかるには見つかったのよね、そのページ。だけど、結構大変そうなのよ……。

そのページを見ながら、私は唇をへの字に曲げて首を傾げ、うーん、と唸《うな》る。

材料はこう。マンドラゴラの根と石化液の袋だ。石化液の袋は魔物の内臓のようだけれど、どうやって手に入れるのかしら……。それに、道具の磁鉄鉱とコイル。特にコイルはどこに売っているかわからない。

ちなみに、コイルっていうのは、金属の針金で作る。針金の中央部分にぐるぐると螺旋状《らせんじょう》にした部分を作ったら、それが『コイル』だ。

それらが揃《そろ》えば、ビーカーの中で作ったマンドラゴラのエキスに石化液の袋を入れて、その中にコイルを入れる。そして、上から磁鉄鉱をコイルに近づける（磁鉄鉱は水にはつけない）。

そうすると、コイルの中に見えない『何か』が流れるので、魔力を磁鉄鉱に注いでその『何か』の量を増やす。

すると、マンドラゴラのエキスと石化液が反応して薬になるのだそうだ。

だけど、問題は山積みだ。

私達の住む国では、コイルの材料のワイヤーというものはとても高価なのだ。鍛治師さんが、何度も何度も金属を熱して叩《たた》いて伸ばすことを繰り返してやっと細く長く仕上げるものだからだ。

そのため、ワイヤーは鳥籠にも使われたりするんだけれど、一部の裕福な人だけが手に取ることができる高価な品なのだ。

そして、『磁鉄鉱』というのは、鉱山などで時々見つかる鉄を引きつける性質を持つ石のこと。普段お目にかかることも、使うこともないものだった。

知らないものも多かったので、『錬金術教本』だけではなく、我が家の蔵書もひっくり返しながら探した。と、まあ、調べて理解すること自体も大変だったのだ。

しかし一番の問題は、作れるかどうかの確証が持てないことだった。

コイルの中を流れる『何か』の正体がわからずに、魔力を上手にコントロールできるだろうか？

私は、部屋の花柄のシーツが敷かれたベッドの上に、ぽふんと倒れ込む。ベッドで寝ていた子犬姿のリーフが、私の脇に擦り寄ってくる。癒《いや》されるなぁ。……だけど。

……自信、ないなあ。

ふんわりと優しくリーフを抱きしめて、しばらくその温《ぬく》もりに癒される。

「リーフ、ありがと」

私はのそりと起きてリーフを撫《な》でてから、調べたことをノートにまとめて、お父様に相談してみることにした。

「デイジー、本当によく調べたね。頑張ったな」

居間でゆっくりしていらしたお父様は、まずここまでの私の頑張りを褒めてくださった。頭を撫《な》でる大きな手が温かく、褒めてくださるのもなんだかこそばゆい。私の不安ばかりだった心が、少しほっこり温かくなった。

「それにしても、入手困難な品が幾つかあるね。オリバーさんは、商業ギルドの長《おさ》なのだし、珍しいものを入手する伝手《つて》は色々お持ちかもしれない。我が家へお招きして相談してみてはどうかな」

私は素直にお父様の提案を受け入れることにした。お父様はその日のうちにオリバーさん宛に手紙をしたためてくれた。

数日後、オリバーさんが我が家へ訪ねてきてくれた。

オリバーさんが手土産に持ってきてくださった、『ダリオル』という名前の最近王都で流行《はやり》だという卵のタルト菓子と、侍女が用意してくれた紅茶がテーブルに載せられている。私はお父様と並んでソファに腰を下ろし、向かいにオリバーさんが座っている。

「この度は、娘の石化の解除薬を作る手段を見つけてくださったそうで……。本当にありがとうございます。お招きいただいたご用件は、入手困難な品についてのご相談ということでしたね」

そう言って、オリバーさんが私に向かって確認をしてくる。

「はい、魔物の内臓である石化液の袋、金属のワイヤー、磁鉄鉱を入手する伝手がおありでしたら、ご協力をお願いしたく思いまして」

そう言って、私はオリバーさんに、その三品をメモした紙を差し出す。

「そうですな、確かにお嬢様には馴染《なじ》みのない品ばかりでしょうね。磁鉄鉱と金属のワイヤー、これは私の知り合いから入手できるかと思います。石化液の袋は、魔物の内臓なのでタイミング次第ですが、もし在庫がなくとも冒険者ギルドに依頼を出せば良いでしょう。そうですね、これらの材料については、私の方で準備させていただきましょう。揃《そろ》い次第、お宅にお届けいたします」

オリバーさんは、笑顔で大きく頷いてくださった。その頼もしい表情に、私はほっと安堵感《あんどかん》を覚えた。

だが、私にはもう一つ相談しなければならないことがある。

「必要な材料と機材と方法については、調べはつきました。ですが、私はこの方法で薬を作ったことがありません。おそらく試行錯誤しながら作ることになります。ですから……」

私が俯《うつむ》きがちに言《い》い淀《よど》むと、オリバーさんが「ではこうしましょう」と、提案を出してきてくれた。

「薬が無事に完成して娘の足が治った場合には、成功報酬として金貨三枚、残念ながら薬が完成しなかった場合には、手間賃として銀貨五枚をお支払いする。これでどうでしょう」

「失敗した場合もお金を頂けるのですか？」

私は不思議に思って首を捻る。

「お嬢様、これから商売をなさるのでしたら、貰《もら》うものはきちんと貰うようになさらないといけません。たとえうまくいかなかったとしても、お嬢様はその貴重な時間を私の注文のために割くのです。そういった手間賃も、きちんと料金に含めてお考えになるべきですよ」

私は、こうして生粋の商売人のオリバーさんとの取引の中で、また一つ商人として心得ておくべき常識を学んだのだった。

オリバーさんに自宅に来ていただいてから一週間ほど経《た》ったある日、手元になかった磁鉄鉱、石化液の袋、そしてワイヤーが届いた。

中でも石化液の袋は、仮にその膜が破れでもすれば中身の毒物がこぼれ出て大変なことになってしまう。そのためか、瓶に入れられた上に緩衝材として綿でくるんだ上にさらに布で、と厳重に梱《こん》包《ぽう》されていた。

……これはやっぱり手で触っちゃいけないものだよね。

石化解除薬を作ろうとして、自分が手を石化させたなんて、笑い話にもならないわ。

触らないで済む方法、ねえ。

うーん、と腕を組んでしばらく考え込んだ。と、不意に『アレ』に思い至った。

「毛抜きだわ！」

私は思わず口に出して叫んで、ぽんと手を叩《たた》く。

そうだ、お父様やお母様が身なりを整える時に使っているアレだ！

あれならば、毛抜きの先で摘んで作業ができるから、ちょうどいいじゃない！

毛抜きが欲しいわ！

「……お嬢様、毛抜きがどうかしましたか？」

そんな時、たまたま通りかかったケイトが、いきなり『毛抜き！』と居間で叫ぶ私に声をかけてくれた。ただし、表情は若干引き気味だ。そう、残念な令嬢の突然の奇行を見てしまった、その微妙な表情。……ケイト、私にだって『傷つく』という繊細な心はあるのよ？

「実験をするのに、絶対に手で触れないものがあるの。毛抜きだったら直接触らず摘んで作業ができるから、欲しいなと思って」

子爵令嬢なのに『毛抜き！』と叫んだ私自身をちょっと恥ずかしく思いながらも、ケイトに余っている毛抜きがないか尋ねてみた。

「倉庫に予備の品があると思います。奥様に、お嬢様にお渡しする許可を頂いてから、持ってまいりますね。少々お待ちください」

理由を説明すると、納得がいったのか、ケイトはすぐにお母様の許可を得るために廊下へと歩いていった。

ケイトはしばらくしてから毛抜きを持って私のもとに戻ってきた。

「奥様から言伝《ことづて》です。屋敷内といっても、突然『毛抜き！』などとはしたなく叫ばないように、とのことです」そう言って、お母様からのお叱りの言葉と共に毛抜きを渡してくれたのだった。

「黙っていてくれればいいのに……」

私は、届いた荷物の箱に毛抜きを入れ、箱を両手で抱えながらしょんぼりと肩を落として実験室へとぼとぼと歩いていったのだった。

実験室に向かう途中、今日は赤い花のマンドラゴラさんに根っこをくれるようにお願いした。彼女（？）はポキリ、ポキリと数本根を折って、にっこり笑って葉っぱの手で根っこを手渡してくれる。マンドラゴラさんって個体によって性格が違うのかしら。青いお花さんとはだいぶ違う。

青いお花さんは男の子で、赤いお花さんは女の子なのかな、なんて夢想しながら実験室へ向かう。

そして、五歳のあの日から使っている屋敷の離れの実験室に入る。『この実験室にお世話になるのもあと一年とちょっとなのね』としんみりしながら、荷物を床に下ろして椅子に座る。

蒸留水は、いつものようにマーカスが準備してくれていた。

さあ、実験を始めましょう！

私は自分に気合を入れようと、自分で自分の両頬《ほお》をぺちんと叩いた。

まずは、ワイヤーからコイルを作る。お手本は、『錬金術教本』。そこに、コイルの形が描かれている。

まずはワイヤーの真ん中辺りにくるくるの部分を作る。……って、作ってみようと曲げるんだけど、くるくるというよりぐにゃぐにゃになった。もう少し頑張ってみると、くるくるにはなるんだけれども、なんだかくるくるの大きさがまちまちになってしまう。

うーん。指ぐらいの太さに均一にくるくるにしたいんだけど……。

じっと私の指を見る。

……あ、そうか。

私は、一度手ぶらで実験室を出た。そして、庭師のダンがいないか、庭を探す。もう季節は秋もすぎて、庭はすっかり寂しい風景になっている。そんな中、ダンは枯葉の掃き掃除をしていた。

ちなみに私の畑だけは、妖精の園状態のためか、一年を通して春のように若葉が生き生きとしているのだけれど。

「ダン、おつかれさま」

私が声をかけると、ダンは箒《ほうき》を動かす手を止めて、ぺこりと挨拶をしてくれる。

「これはお嬢様。こんな寂しい庭でお散歩ですか？」

そういうダンの周りには落ち葉が地面に模様を描くだけだ。

「私の親指の太さくらいの、まっすぐな枯れ枝って落ちていなかったかしら。もしあれば欲しいのだけれど」

そう言って、私は自分の親指をダンに見せる。

「そうですねえ、こっちに掃いたものを山にしたものがありますから、少し待っていてくださいね」

そう言って、枯葉や枯れ枝の山の中からゴソゴソと、私の要望に合いそうなものを探してくれる。

「これなんかどうでしょう」

ダンが差し出してくれたのはダンの指くらいの長さの、まっすぐですべすべとした折れた枝だった。邪魔になりそうな節の部分もなく、ちょうど良い。

「うん、こんな感じよ！　ダン、ありがとう！」

私は目的のものを手に入れて、その喜びに大きく笑ってダンにお礼を言うと、実験室へ戻ったのだった。

実験室に入って椅子に座ると、私は枝とワイヤーを手元に準備する。そして、枝にくるくるとワイヤーを巻き付けていった。うん、やっぱり、綺麗なくるくるになるわ！　そして、十分にくるくるの部分を形作ったら、枝を引き抜く。

あとは、ビーカーの中に入るように、くるくるのコイルの部分が上に来るようにして、ワイヤーをコの字型にしたら完成。

これでやっと、実験を始める準備が整った！

コイルが完成したので、私は実験を再開することにした。

まずは、マンドラゴラの根をみじん切りにして、大きめのビーカーの中の蒸留水に入れる。

そして、強力解毒ポーションを作った時の要領で、魔道具の加熱器で水を沸騰させて、十分に根からエキスを出す。

【マンドラゴラのエキス】
分類：薬品のもと　　品質：高品質
詳細：成分は十分抽出されている。

水魔法を使ってボウルに氷水を出し、ビーカーをしっかり冷やす。

さて、これに石化液の袋とコイルを入れるんだけれど……。魔力を注ぐのに失敗して爆発したら、私は大変なことになるよね。ガラスの強度じゃ怖いわ。

まず、ビーカーより一回り大きい、金物のバケツの中にビーカーを入れてみた。そして、マンドラゴラのエキスの中に石化液の袋を破らないように慎重に毛抜きでそっと入れると、袋が溶けて、マンドラゴラのエキスと石化液が混ざり合う。

【石化解除薬???】
分類：薬品・毒物　　品質：低品質（マイナス3）
詳細：薬の作製に必要な原料が混じり合っているだけの液体。触るな危険！

これから反応させるなら、蓋がないと怖いなあと思って、実験室という名の元離れ《物置小屋》の隅っこに積まれている雑多なものを漁《あさ》った。

すると、綺麗《きれい》に半分に割れた小さな木の入れ物の蓋が見つかった。蓋はしっかりと硬い木でできていて、厚みも十分にあった。サイズも、バケツの上部を塞ぎきるのにちょうどよい。

割れた部分でコイルのくるくるとした部分が顔を出すようにして挟み込み、蓋の下のワイヤーのコの字型の二つの先端部分をぽちゃんとエキスの中に入れながら、割れた木の蓋で封をした。

念のために持ってきた布の手袋をはめてから、磁鉄鉱を手に取ってコイルの片側から近づけたり遠ざけたりしてみる。こうすることで、ワイヤーの中に『目に見えない何か』が流れるはずなのだ。

私は、磁鉄鉱の『引き寄せる力』を魔力でゆっくり増幅させながら、その作業をそーっとそーっと続けてみた。

……正直、すごく怖い。心臓の鼓動がバクバクしてうるさい。

爆発する気配はなかったので、蓋を開けてそっと中を覗《のぞ》く。

【石化解除薬？】
分類：薬品・毒物　　品質：低品質（マイナス２）
詳細：原料の物質が少し反応を起こし、僅かながら薬の成分に変化している。でもまだ触るな危険！

「……あ、少しできている」

私の胸がほうっと安堵感で満たされる。正直、怖くて怖くて仕方がないのよ。

まずは、『安全に』を優先して、ゆっくり慎重にやろう。だって、ちゃんと物質の反応はできているんだから大丈夫なはず！

私はその日、午後いっぱいを、磁鉄鉱に魔力を注ぎながら動かす作業に費やした。

そして、実験室の入口のドアの隙間から、オレンジ色の光が差し込む頃、私はもう回数も忘れてしまうほど行った確認作業をした。

【石化解除薬】
分類：薬品　　品質：高品質

詳細：石化を解除する効果がある。石化した部分に満遍なく塗布すること。

「できたぁぁ！」

私は、その場でバンザイする。そして、くてっとおんぼろな天井を仰ぎ見る。

「……怖、かったぁ」

しばらくそのままぼーっとしていると、ふっと思った。

「私が危険な思いをする分、料金上乗せすれば良かった。契約金決める見積もりって、もっとちゃんと考えなくちゃいけないんだなぁ」

ふう、とため息をついてから、姿勢を正してでき上がった薬を布で濾《こ》して、大きめの瓶の中に詰めて栓をした。

「さあ、オリバーさんとお嬢さんをお呼びしなきゃ！」

実験室の片付けをして、私はでき上がった大切な薬瓶を両手で抱き抱えて屋敷に帰った。

その日のお夕飯の後、私はお父様に手ほどきを受けながら、自分の手で、オリバーさんとお嬢さんをお招きする手紙をしたためたのだった。

三日後、オリバーさんとお嬢さんのカチュアさんは、我が家へ馬車でやってきた。

「本日は、娘の足を治療する薬を完成させてくださったそうで……！」

父親であるオリバーさんは、既に感無量といった感じだ。ちょっと気が早いんじゃないだろうか。

そして、カチュアさんは馬車の階段を降りるのを支えてもらいながら、ゆっくり降りてくる。彼女は地上まで降りてくると、使用人から杖《つえ》を受け取る。左足首以下が動かない不自由さを杖で補いながら、オリバーさんの隣に並んだ。

「カチュアと申します。私の足の治療のために薬を調合してくださったとか。本日はよろしくお願いいたします」

そう言って頭を下げると、ツインテールにした水色の髪がサラリと肩を滑り落ちる。身長は私より頭半分高く、スレンダーな体型をしている。気の強そうな少しキツめの目つきの少女だ。

ゆっくりとした足取りのカチュアさんに歩調を合わせて、私とケイトの二人で狭い方の客間へと案内した。そちらの客間には、一人がけ用のソファの前に、治療用の薬瓶と、タライやタオルを用意してある。そこにカチュアさんに腰かけてもらった。

ちなみに、私達にとって女性の素足というのは隠すべき場所だ。女性のカチュアさんには靴下を脱いで素足になってもらうので、父親とはいえ男性がいるのもどうかと思い、オリバーさんには別の客間で待っていてもらうことにする。その案内は、エリーに頼んである。

「カチュア様、左の靴と靴下をお脱がせしますね」

そう言って、ケイトが床に屈《かが》んで靴を脱がせ、見た目にも繊細な靴下をスルスルと脱がす。そして、用意しておいたタライの中に足をおさめる。さすがに貴族の子女の私が、治療のためとはいえ平民の少女の足に触れるのは体裁が悪いので、ケイトに手伝ってもらうことにしたのだ。

「カチュアさん、今から少しずつお薬を馴染《なじ》ませていくので、痛いとか何か嫌な感じがあったら言ってくださいね」

私がそう伝えると、カチュアさんは、期待からなのか不安からなのか、胸の前で拳をぎゅっと握りしめながら、こくんと頷いた。

私がお願いすると、ケイトが薬瓶の蓋を開け、とぷとぷと石化している足首から下に薬をかけていく。乾いた石の肌に薬が染み込んで、黒っぽく色が変わる。タライに流れ落ちた薬液を掬《すく》っては足にかける作業を繰り返して、石になった部分に満遍なく薬液を染み込ませる。

「よく馴染むように、少しさすりましょうか」

そう言ってケイトは、薬液を掬っては石になっている足に擦り込んでいく。徐々に、濃いねずみ色だった足が薄いねずみ色に変わっていく。

「少し足の表面に弾力が出てきましたね」

触れているケイトにはわかるのだろう、表情が明るくなった。

「足の色も変わってきました！」

カチュアさんの表情にも期待で喜色が浮かぶ。

ケイトが、足の指先を丁寧に撫《な》でていき、次第に柔らかさを取り戻すその指と指の間に、ケイトの指先が挟まるようになった。

「……二年近く動かなかった足の指が動きましたわ！」

カチュアさんの目が潤んでいる。二年もの間全く動かなかった足指が動いたのだ。そりゃあ嬉《うれ》しいわよね。それに、足指の肌の色は、青白い肌色にまで回復しているわ。

徐々に、徐々に、擦り込む部位を上げていく。それにつれて、足指の次に足の甲が動くようになり、その次には足首が動くようになった。ケイトの丁寧な薬の擦り込みを兼ねたマッサージによって、その可動域は徐々に拡《ひろ》がっていき、左足全体の足色も、血色を取り戻し始めた。

「足首が……固くて動かなかった足首も足の甲も動きます！」

カチュアさんは手のひらで口元を押さえている。頬を一筋涙がつたい落ちたのを見て、私はカチュアさんに自分のハンカチを差し出した。彼女はそれを頭を下げて受け取って、濡《ぬ》れた頬と目元を押さえる。

やがて、左足は、白い肌に血色が浮かぶ健康な色を取り戻した。

ケイトは、一本一本の指を動かし、つま先を上に下に動かし、足首をゆっくり左回り、右回りと回して確認していく。

「どこか違和感ございませんか？」

ケイトがカチュアさんの顔を仰ぎ見て確認する。

「ううん、何もないわ……！　何もないの！　私、立ってみたいです！」

カチュアさんがケイトに訴えると、ケイトはにっこり笑ってから、カチュアさんの足を持ち上げてタライをどかし、タオルで足を拭う。

「私がお支えしますから、立ってみましょうか」

ケイトが差し出す両手を、カチュアさんは自分の両手で掴《つか》み、ゆっくりとソファから立ち上がる。

そして、一歩、二歩と歩みを進める。足の細々とした関節は適切に動き、その歩行を妨げず、動作を支えている。

「歩ける……！　足が動く……！　デイジー様！」

カチュアさんが急に私の方に顔を向けて、笑顔全開の表情を見せる。

「……ありがとうございますっ！」

突然カチュアさんがケイトの手を離して、両手を広げて私の方へ歩み寄ってくる。案の定、まだ二本の足でバランスを取ることに慣れない彼女は、最後には倒れ込むようにして私に抱き付いてきた。

「危ないですから、ちゃんと歩く練習をしてからにしてくださいね」

私の腕に支えられながら、うんうんと頷《うなず》くカチュアさんを抱きしめ返す私は、不自由を抱えた人をもとに戻してあげられたことに、幸せと達成感で胸がいっぱいになった。

その後、一度カチュアさんに座ってもらい、靴下と靴をケイトに履かせてもらう。そして、もう一つの客間で待っているオリバーさんのもとへ向かった。

部屋のそばまで来ると、ケイトが先回りして扉を開ける。

「お父様！　足が治りました！　歩く練習をすれば杖も要らなくなりますわ！」

まだ杖が必要ではあるが、前よりもスムーズに自分の足で歩くカチュアさんが、オリバーさんに歩み寄って石化が治ったことを伝えた。

オリバーさんは、涙を流しながら、その大きな体で愛娘《まなむすめ》を抱きしめるのだった。

「本当に……本当にありがとうございました！」

あらためてソファに腰を下ろした私達。向かいに座るオリバーさんとカチュアさんが私に大きく頭を下げる。

そして、オリバーさんが綺麗な袋を私に差し出す。

「お約束の成功報酬です。ご確認ください」

中を確認すると、約束した成功報酬としての金貨三枚が私の手のひらに滑り落ちてきた。そして、袋にはまだカードのようなものの感触が残っていた。覗くと、そのカードには『仮会員証』と書かれている。

「確かに。お約束の額ですね。頂戴します。それから、ギルドの仮会員証もありがとうございます」

私は、その両方を袋に戻してから、ポケットにしっかり仕舞《しま》い込《こ》んだ。

そのついでに、子犬の姿で私の足元に伏せて眠っているリーフの柔らかい毛を撫《な》でてあげた。リーフはいつもこうしてそっとそばにいてくれる。

「『仮会員証』は、身分証にもなりますから、普段から携帯されると便利かと思います。そういえば、デイジーお嬢様はアトリエを開設されるそうですね。準備の方は捗《はかど》っておられますか？」

突然、カチュアさんに尋ねられた。私は、リーフに向けていた顔をパッと上げる。

「店のイメージについては決まっているのですけれど、具体的に土地を買ったり、大工さんに依頼したりといったところはまだ……」

まあ、要は困ったことに全然進んでいなかったりする。

「それ、私にもお手伝いさせていただけませんか？」

ニコニコと両手を胸の前で合わせて、提案してくれる。

「うーん、足の治療のことを感謝してというのであれば、そこまでのお気遣いはなさらなくても……」

ニコニコとした笑顔からは、それだけじゃないんだろうとは思ったけれど、一応一度断ってみた。

「違います！　私、デイジー様の新しいお店に興味があるんです！　ごめんなさい、父から聞いてしまったもので……。その、柔らかいパンっていうものも販売されるんですよね！」

そう言って、目をキラキラさせる。その横に、娘にパンのことを話してしまったことを詫《わ》びるように頭を下げるオリバーさんがいた。

……あ、そっちか。

「私、そのお店にもとっても興味がありますの！　私でしたら、何か職人が必要な場合は父の伝手《つて》を頼ることも容易《たやす》くなります。ぜひぜひ、私をアトリエ立ち上げの仲間に入れてくださいまし！」

そんな娘のカチュアさんの両肩を支え、オリバーさんも前のめりになって話に加わってくる。

「娘にとっても、いつか商人として独り立ちするにあたって、良い経験、勉強になることでしょう。ぜひ、うちの娘のわがままを聞いてやってください」

オリバーさんまで、後押ししてくださる。

こうして、アトリエ開設のための新しい仲間が加わったのだった。

水色ツインテールの商人のお嬢様。私より二つ年上のもうすぐ十一才になる少女だ。

◆

日を改めて、アトリエのイメージや今後の計画について打ち合わせるために、カチュアさんに家に来ていただいた。まだ杖を必要としているが、日に日に自分の両足を使うことに慣れてきているそうだ。良かったわ。

そんなカチュアさんの歩調に合わせて、ゆっくりと客間まで案内する。

客間には、私達より前に、ミィナとマーカスにも、顔合わせの意味も兼ねて来てもらっていた。

「初めまして、私は商人の娘でカチュアと申します。この度、デイジー様とご縁がありまして、アトリエ開設のお手伝いをさせていただくことになりました」

そう言って、カチュアさんはにっこり笑って軽く頭を下げる。

「カチュアさん、この二人は私と一緒に店に来てくれる使用人です。こちらの女の子は、パン製作を含めた調理師でミィナといいます。そして、こちらの男の子が、錬金術の補助をしてくれるマーカスです」

「「カチュア様、よろしくお願いします」」

ミィナとマーカスが、丁寧な仕草でお辞儀をする。

久しぶりに近くで接するマーカスの佇《たたず》まいは落ち着いていて、背筋も綺麗《きれい》に伸び、かつての慌ただしさの欠片もない。執事のセバスチャンの再教育の賜物《たまもの》なのだろう。私は心の中で彼に感謝した。

「では、座って話しましょう」

私が促すと、皆がソファに腰を下ろす。私は、かつてミィナと一緒に描いたアトリエの想像図をテーブルに広げた。

まずそれを見て、カチュアさんが顔を顰《しか》める。

「二階建ては障りがあるかと。三階建てにして、居住エリアを男性と女性とで階で分けた方が良いでしょう。まだ幼いといってもデイジー様は貴族のお嬢様です。最低限居住区は男女別を明確にしないと体裁が悪いですわ」

「……思い付きもしませんでした」

ポソッと私が本音をこぼす。いや、そもそもまーったくマーカスを男性として意識していない。

「デイジー様？　商人になるとしても、生まれは貴族のお嬢様なんですから、そういった最低限の貴族としての体裁は整えてくださらないとダメですよ？」

チクリ、とカチュアさんに釘《くぎ》を刺されてしまった。

……なんだか、歳の近いケイトが加わったみたいだわ。


そして日は変わって、私とカチュアさんの二人で、アトリエを開くための物件探しに不動産業者のもとへ出かけた。そして今は、その業者の男性従業員の案内で、物件を見せてもらうために馬車で移動中だ。当然リーフも一緒に馬車の中。私の膝の上で大人しく眠っている。

「その子はデイジー様の従魔ですの？　護衛も付けないでご両親が出してくださるなんて、実はこの子が余程強かったりするのですか？」

カチュアさんが不思議そうに尋ねてくる。カチュアさんは、そっと向かい側から手を伸ばして、恐る恐るリーフの背に触れようとする。

「うん、この子、リーフっていうんだけれど、実はもとは大人ぐらいの大きさがある大きな狼《おおかみ》なの。下手な護衛より強いですよ」

私がそう答えると、『大きな狼』に反応して、リーフを撫《な》でるカチュアさんの手が止まる。

その気配を感じて、目を瞑《つぶ》っていたリーフが片目を薄く開けてカチュアさんを確認すると、そのまま何事もなかったように再び目を瞑った。

リーフの背からカチュアさんの手が離れていってしまったので、代わりに私がリーフの背を撫で、その柔らかい毛を梳《す》いてやると、心地良さそうにリーフの尻尾が揺れた。

そんな雑談をしていると、一軒目の物件に着いたようで、馬車が、ガクンと揺れて止まる。

馬車の扉が開いて、業者の男が顔を出す。

「お嬢様方、一軒目の物件に着きましたよ」

そう言って手を差し出して、私達二人が馬車から降りるのを補助してくれる。

「ここは、下級貴族街と商人街とを道を隔てたちょうど境目の立地です。ご商売をするにあたって、貴族と平民のどちらも顧客層として想定可能な立地ですね」

そう言って、業者の男が物件の入口の鍵を開け、中に案内してくれる。私達と一緒に、当然といった様子でリーフも中へ入ってきた。

「こちらの物件は、庭を中心として、建物がそれを覆うようにぐるっと立っているのが特徴です。どの角度からも庭が見えて……」

「それじゃダメよ！　畑の日当たりが悪いわ！」

私が、業者の説明を途中で止める。これじゃあ、決まった時間しか陽《ひ》が当たらなくて、妖精さんもマンドラゴラさんも悲しむじゃない！

「……畑、ですか？」

業者がびっくりしたような顔で目を丸くする。何せ、貴族のお嬢様が畑を理由に物件を拒否するのだ。庭ではなく、畑だ。

「ごめんなさいね、デイジー様は、錬金術を行うのに、薬草の栽培から手を入れてらっしゃるの。だから、薬草栽培のための畑にする予定の庭については、日当たりや広さが大事な条件になるのよ」

びっくりして固まっている業者に、カチュアさんがわかりやすくフォローを入れてくれた。

「なるほどなるほど、そういうことでしたら、こちらはお嬢様の条件に合いませんね」

固まっていた業者は納得がいったのか、うんうん、と頷いてしばし考え込む。

と、その時だった。

入口の扉が、ガチャッと音を立てて施錠される音がした。

荒々しい足音がして、ガラの悪い男が三人、見学中の屋敷に乱入してきたのだ。

「物件屋さんよう、商売中に悪いねえ。でも俺らは、そのお身なりのいいお嬢さん二人に用があるんだなあ」

そう言ってガラの悪い男達はニヤニヤ笑いながらこちらへ近づいてくる。

リーフは小さなままの体で、小さな牙を剥《む》き出《だ》しにしてウーッとうなっている。

業者の男も私達を背にして庇《かば》うように間に立ちふさがる。手には護身用の短剣が握られている。

「あっははは！　ちっちゃなワンちゃんと手が震えているお兄さんじゃ、ちょっと力不足じゃないかな」

ガラの悪い男達は懐からナイフを取り出してさらに近寄ってこようとする。

「どちらのお嬢さんも身なりからして身代金を頂戴しても良さそうだし、可愛《かわい》い顔してるから売っぱらっちまってもいい金になりそうだっ！」

そう言って一人の男がナイフを振り上げた瞬間、リーフがもとの大きなフェンリルの体躯《たいく》に戻る。

唸《うな》り声を上げる口から覗《のぞ》く牙は、大人の男の指より太い。

「……へ？」

自分達に覆《おお》い被《かぶ》さるように突如現れた獣の影に、三人の乱入者の動きが固まる。

リーフはその隙を見逃さず、一人目のナイフを持つ男の腕に噛《か》み付き、ナイフを落とさせ、ドガッと腹に体当たりをかます。男は壁に勢いよく背をぶつけて失神した。

そして、残りの二人の横をすり抜けて背後に回ると、その鋭利な爪でシャッと横薙《な》ぎ一閃《いっせん》、四本の足首をまとめて切り裂いた。足の腱《けん》を切られた残りの二人は、ドウッと音を立てて仲良くその場に倒れ込んだ。

「お嬢様方、一度ここを出て警備兵を呼びましょう！　早く、こちらへ！」

私達は、業者の案内で出口へと移動する。足の動きがまだぎこちないカチュアさんは、業者が一言失礼を詫びてから抱き上げる。リーフは、ならず者の見張りのつもりなのか、その場に留《とど》まっていた。

業者は鍵を開けてまず私達を外へ逃がし、大声で警備兵を呼ぶ。

すぐに警備兵が二人走ってきて、業者の説明を受けて建物の中に入る。すると、入れ違いにリーフは子犬の姿に戻って私のもとへやってきた。私はすかさずリーフを腕に抱き上げ、ありがとうと、耳元に感謝の言葉を伝える。

ならず者達は、警備兵に捕縛され、貴族令嬢と大店《おおだな》の商人の子女の誘拐未遂容疑で引っ張られて行った。

「……確かに、下手な護衛より強いですわね」

カチュアさんは、小さな愛らしい子犬の姿になって私に抱かれるリーフを見ながら、ほう、と安《あん》堵《ど》のため息《いき》をついていた。


その後も、リーフがいるなら大丈夫だろうということで物件を見て回った。そして、一軒の物件が私達の目に止まる。

王都の北西門のそばにその『空き地』はあった。城門には警備兵の詰め所も併設されていて、閉門時も常時二名の警備兵が待機しており、安全面もいいといえる。

そして、ちょうどそこは下級貴族街と商業地の際にあり、私とカチュアさんの実家からも近い、文句のない場所。

また、北西門は王都の西隣にある迷宮都市に向かう冒険者や商人達で人通りも多いから商売をするにはうってつけだ。

その土地は、立地条件は良いのだが、まとめて売るには広くて高額なために買い手がなかなかつかず、かといって分割して売るのもどうかと、業者も悩んでいた土地なのだという。

「ご予算があるなら、土地を買って好きに上物を作るのが一番ですわよね」

一日中かけて探して、もう日は茜色《あかねいろ》だ。その陽がよく当たる広い空き地を眺めながら、カチュアさんが満足げに立っている。

私もその隣に並んだ。

「ありがとう」

そう言って、私は夕日を浴びながらカチュアさんの手を握った。

手を繋《つな》いだ二人の影が、オレンジ色に照らされた地面の上に長く長く伸びていた。

余談だが、私がその土地の購入契約をした後、その情報が、この国で一番の権力をお持ちである方の耳に入った。

「それは良い土地に目を付けた。北西門の警備兵を一年後には倍の四人に増やせるよう、詰所を増築するように」

そんなご命令が下ったとか。

第十四章　家族みんなで！

相変わらず私はカチュアさんに助けられながら開店準備に駆け回っていた。

カチュアさんと一緒に描き直した三階建てのイメージ図をもとに大工さんと相談したり、契約したり。薬の保管庫は、空間魔術を使って時間経過しないという特殊な性質を付与してもらわなければいけないので、魔道具店に特注して作製してもらうことにする。

建築工事に入ってからは、週に一度は工事の状況を確認しに行った。

一階部分の台所ができれば、ミィナと調理器具や食器棚などの大きさや配置を確認する。

アトリエ部分ができたら、マーカスと実験器具や薬品棚の配置について確認し合う。

ダンやマーカスに手伝ってもらって新しい畑を作り、上手《うま》く畑の引き継ぎが行くように、種を蒔《ま》いたり、苗を植え替えたりする。

そうやって奔走する毎日の中、私はまた一つ歳を重ね九歳になって、実家で過ごす最後の年を駆け抜けるように過ごしていた。

自宅の裏の森にベリー達が実る春を過ぎ、庭のバラが咲き誇る夏を過ぎ、秋の実りの季節を迎えていた。

そんなある日、私が就寝するために自室に戻ろうとした、そんな時間。暗い中、庭にぽつんと立

っているお父様の後ろ姿が見えた。

私はその背中がとても寂しそうに見えて、暖かいガウンを羽織り、庭に足を運んだ。羽織ものから露出した手や、頬《ほお》が少し肌寒い。

「お父様」

そう言って、お父様が羽織るガウンの裾をキュッと握る。

「星が綺麗《きれい》だなって思ってね」

そう言ってお父様が見上げる先には、濃い群青の夜空が広がっていた。月は薄く三日月で、幾百幾千とも知れない星々が競うようにキラキラと瞬いている。

お父様は、私の身長に合わせて屈《かが》むと、私の両脇に手を差し込んで私の体を持ち上げ、膝裏に腕を潜らせてその腕に私を座らせるようにして抱き上げる。

「来年の春になったら、デイジーはアトリエへ、レームスは学院の寮に行ってしまうんだよね。次の年にはダリアも入寮だ。……この家も寂しくなるね」

そう、お父様の言うように、来年の春に十二歳になるお兄様は、本格的に魔導師としての勉強をするために国立の貴族学院へ進学する。そして、同じく次の年にはお姉様も。

プレスラリア家の年子の三人の子供達が、慌ただしく家を離れていく。

「……子供の成長は早すぎるよ。もっとゆっくりと育ってくれたらいいのに」

そう言って、抱き上げた私をぎゅっと抱きしめる。

「洗礼式で『錬金術師』の職業を頂いた時は、これからどうやってデイジーを励ましていこうなんて心配をさせてくれたけれど、その後のデイジーはまるで水を得た魚のようだったなぁ。自然とまだ幼い身で国王陛下の覚えもめでたい錬金術師になり、そしてもう独立して親の手元から離れようだなんて。お父さんが、もっと子供の面倒を見てやりたいのに出る幕がないじゃないか」

その時流れた一筋の流れ星は、大人だから泣くことのできないお父様の代わりに空が涙をこぼしているようで。

「ごめんなさい、お父様。私もまだお父様やお母様のおそばにいたい。でも私は、それと同じくらい錬金術師としてもっと自由に生きていきたいんです」

私もぎゅっと胸が締め付けられ、お父様の肩に顔を埋めた。

「謝ることはないよ、デイジー。君は君の思うがままに生きなさい。君には貴族の屋敷の中で生きていくには、その持っている可能性の翼が大きすぎるんだろう。一緒にいたいとは思うけれど、その可能性を閉じ込めようとも思わないよ。洗礼式の、あの初めの時に言っただろう。お父さんとお母さんは『錬金術師』であるデイジーを応援していくよ、ってね」

そう言って、お父様は顔を埋めた私の髪の毛を優しく梳いてくれる。

「お父様。今夜は私、寂しくて一人で眠れそうにありません。お父様と一緒に寝てもいいですか？」

お父様の肩から顔を上げて、私にしては珍しくおねだりをした。もう少し、このお父様の温かな体温を感じていたかった。まだ離れるには名残惜しかったのだ。

すると、お父様の薄い唇が、三日月と同じ形にゆるりと弧を描く。慈愛に満ちた私を見つめる目も柔らかに細められている。

「勿論《もちろん》だとも。そういうお願いは子供の特権だ」

そう言ってお父様は私のおでこにキスすると、私を抱きしめたまま庭から屋敷へ帰った。そして、その晩はお父様のベッドの中で、いっぱいいっぱい子供の頃の思い出話をした。そして大きく温かなお父様の体に抱きしめられながら眠った。私にとって、とても大事な夜になった。

◆

翌日、厨房《ちゆうぼう》にあるテーブルに向かい合って座りながら、私はミィナとこっそり相談をしていた。

「ご家族の思い出に残るデザートを用意したい、ですか……」

うーん、と首を傾《かし》げて悩んだあと、ミィナは「ちょっと待っていてくださいね」と言ってキッチンの奥に何冊か置いてある本の中から、一冊の本を持って戻ってきた。

そして、私の待つテーブルの上であるページを開いて見せてくれた。それは、ケーキの土台になる薄い生地の作り方が書いてあるページで、私には、これが『思い出になるデザート』とどう繋《つな》がるのかわからなかった。だって、全く美味《おい》しそうじゃないわ。

そんな私に、ミィナが丁寧に提案と説明をしてくれる。

「こういう、卵を泡立てることで膨らませる生地があるんですよ。これを、大きく広く焼いて、何かクリームで挟んで重ねることで、大きな四角いケーキにして……」

「そうだ、クレーム・シャンティ！　牛の乳のクリームにお砂糖を入れたものをよく泡立てると、それは美味しいクリームになるらしいの！」

「それで試してみましょうか！」

私達は顔を見合わせて、一緒に企《たくら》み事を楽しむように、にっこりと笑い合った。

その翌日、私達は試作品を作ってみた。

まずは生地を作る。

温かいお湯の入ったボウルの上にボウルを重ね、卵を割り入れて解きほぐしたものにお砂糖を加えて、大きめのフォークで白くもったりするまで泡立てる。

……フォークで泡立てるのってすごく大変。仕上がるまでにかなり苦戦した。見かねたミィナが手伝ってくれて、二本のフォークを使って手際よく仕上げてくれた。

その泡立てたものに、ふるいにかけた小麦粉を入れて、ヘラで粉っぽさがなくなるようにかき混ぜながら、途中で温めた牛乳と溶かしバターを加えてさらに混ぜる。

バターを塗った天板にその生地を流し込んで、予《あらかじ》め温めておいたオーブンで焼き上げる。

ちなみに今回は試作品なので、一枚だけ焼いて、それをカットすることで四枚焼いたことにする。

今度はクレーム・シャンティ。

丸い木でできた『遠心分離機』の外箱の蓋を開けて、中に入っているガラス容器の中に牛乳を入れる。蓋をしたガラス容器を中にセットして蓋を閉め、『遠心分離機』に付いている手回しの取っ手を持って、ぐるぐる回す。

すると、中で牛の乳が入ったガラス容器がぐるぐると回り、クリーム部分と脂肪分が抜けた液体とに分離できるのだ。これを繰り返して、必要な分だけクリームを取り出した。

次は、分離したクリームにお砂糖を加えて、ボウルに入れる。その下に、魔法で出した氷水を入れた一回り大きいボウルを重ねて、またフォークでかき混ぜていく。『ツノ』が立つくらいまでしっかり泡立てていく。

まずは、試作品第一号ね。

形作りは、頭の中にイメージがあるミィナにお願いした。

ミィナが、平たい生地を置いて、その上にクレーム・シャンティを塗る。そして、さらに生地を重ねて、四角い全ての辺の生地を切り落として、綺麗《きれい》に成形する。それから、その綺麗な四角い生地の塊の上から、全ての面にクレーム・シャンティを塗って、ケーキを仕上げた。

……これが四倍の大きさになると思うと、見た目にかなり寂しいわ。

「うーん、上には何か飾りをした方が良いですね」

ミィナの感想に、私もうん、と頷いた。

「ひとまず、試食してみましょう」

ミィナはそう言って、ケーキを半分にカットする。

カットした面は、生地とクリームの層が重なっている。

「うーん、こう、切った時にもう少し感動があるような断面が欲しいですね」

ミィナは不満足そうだ。感動がないのか、エプロンの下から少し覗《のぞ》くしっぽの先端は全く動かない。ミィナは、その二切れのケーキを皿に取り分け、デザート用フォークを添えてそれぞれの前に置く。

　パクリ、と一口食べてみる。

　クレーム・シャンティと生地を一緒に頬張《ほおば》ると、滑らかなそれはトロリと口の中で溶けていく。

　うん、美味しい。美味しいんだけど……。

「もう少し、甘さや食感のアクセントが欲しいですね……」

　私が思っていたことを、ミィナが隣で代弁してくれた。

「ジャム！　カシスのジャムをヘラで濾《こ》して果実の繊維を取り除いて、一番下の生地に塗ったらどうかしら？」

　私がミィナに提案してみる。

「ああ、その甘さのコントラストはいいですね！」

　うんうん、とミィナが頷《うなず》く。「あとは……」そう呟《つぶや》いてミィナが暫《しば》し考える。

「今の季節ですと洋梨……、洋梨のコンポートを薄く切ったものを、クレーム・シャンティの層に挟んだらどうでしょう！　保存用にコンポートにしたものがありますから、試してみましょう！」

　そして、カシスジャムと、洋梨のコンポートを挟んだ試作品第二号を作り、試食する。

「「美味しい！」」

　単調だった切った時の断面も、カシスの赤と、洋梨の存在が主張する。

　口にはカシスジャムと洋梨のコンポートの強めの甘さが単調なクリームにアクセントを加える。

　洋梨の少し残ったシャクッとした食感もいい。

「見た目に寂しい上の面はどうしよう。何か飾りが欲しいわ」

私とミィナで首を捻《ひね》る。

「あ、漏斗に色の濃いペースト状のソースを入れて、メッセージを書いたらどうでしょうか！　きっと印象に残りますよ！　味のバランスを壊さないよう、カシスのソースはどうでしょうか！」

◆

そして、サプライズの日がやってきた。

「これが今日のデザートかい？　すごく大きいね」

給仕がキャスター付きテーブルに載せて持ってきたケーキを見て、お父様が驚いて目を見張る。

「あら、上に何か書いてあるわ！」

お母様が、ケーキの表面に書かれた文字を読む。

『家族はいつまでも一緒よ！』

私が書いたその文字の周りには、焼き菓子でかたどられたお花が幾つもちりばめられている。

はっきり言ってあまり上手な字は書けなかった。でも、下手でも、お父様、お母様、お兄様にお姉様、家族への気持ちだけはいっぱい込めたつもりだ。

「これは、デイジーの字だね」

お兄様がにっこりと笑っている。

「私、春が来るのを寂しく思っていましたの。でも、なんだかこれを見たら安心しましたわ」

あと一年家に残るお姉様も笑顔を見せる。

「さあ、家族で『ケーキカット』をしましょう！　家族みんなで共同作業をするんです！」

私は、ダイニングテーブルを囲んで座っている家族に立ち上がるよう促した。


私とお父様で一緒にケーキナイフを持って、お母様の分のケーキを切り分ける。

「そういえば、デイジーは洗礼式で魔導師になれないのがショックで部屋に閉じこもっちゃって。どうしようかと思ったけれど、私の執務室で錬金術のガラス器具を見せたら、今度は途端に目を輝かせていたなあ」

「だって、ガラス器具達は不思議な形で、とてもキラキラしていて。そして、聞いたこともない言葉がたくさん書いてある本が三冊もあって。とてもワクワクしたんですもの」

お父様は、その始まりの日、私が錬金術と出会った日のことを話す。

『錬金術』との出会い。それは初め私に最悪の形で訪れた。でも、お父様やお母様の導きで、今では欠かせない私の『職業』であり『希望』になった。

「それに、自白剤。あれはデイジーに辛い決断をさせてしまったね」

「あの時は、お父様はとても心配してくださいましたが、あれは私にとって必要な経験だったのだと、今なら思えます」

そして、あの苦い決断の思い出も。これは、これから私が考えなければいけない課題なのだろう。

次に、お母様とお兄様で、お父様のケーキを切り分ける。

「そういえば、デイジーの初めて作ったポーションのあの味は酷《ひど》かったなぁ。一度デイジーも試飲してみるべきだったと思うよ？」

「お兄様のご要望に応えて、すぐにちゃんと苦くないものを作りましたよ。でも、あの時のお兄様の顔の七変化《しちへんげ》もすごかったですよ」

そう言って、苦かった初めてのポーションの思い出を語るお兄様に言い返す私。

「実験もガラスを割るような爆発を起こして、ケイトにも苦労をかけたわよねえ……」

「お母様！　もう。爆発は滅多《めった》に起こしたりしていません！」

魔力のコントロールが上手にできなくて起こった爆発事件に思いを馳《は》せるお母様。私はぷうっと頬《ほお》を膨らませた。そうそう、ケイトったらすぐにお母様に言いつけたのよね！

そして、お兄様とお姉様で私の分を切る。

「デイジーったら、洗礼も受けていないのに私達の練習に交じって一生懸命に魔法の練習をしていましたわよね。まぁ、発動はしなかったようでしたけれど」

「でも、僕達兄妹の中で、最初に魔獣を狩ってきたのって、デイジーのキラーラビットじゃなかったかな？」

お姉様とお兄様は、小さい頃に魔法の練習にお邪魔をしていた頃の私の話と、私が採取の時に出会ってしまった魔獣を倒して帰ってきたことを思い出す。

「そういえば、魔獣が王都に攻め込んできた時に、勝手に後方支援に行ったらしいじゃないか。あれ、あとでお父様にかなり叱られていたよね。本当におてんばだよなぁ」

「だって、お父様も参戦なさるだろうと思って、じっとしていられなかったんです。あれはもう、お父様にこってりお叱りを頂きましたから、言わないでください！」

そしてお兄様は、王都を守るために私が勝手にポーションを持って前線に駆け付けたことを語り出し、私はもう済んだことだと反論する。お父様がその時のことを思い出したのか、笑いながら私の頭をポンポンとして宥《なだ》める。そういえば、お父様のこの手でゲンコツを頂いたわ。

さらに、お兄様と私でお姉様の分を切る。

「デイジーのおかげで、うちと王室だけは『ふんわりパン』が毎日食卓に出るんだよね。寮に入ったら、パンがまずくて家が恋しくなりそうだよ」

最後に、お姉様と私でお兄様の分を切り分けた。

「パンの素《もと》は、ちゃんと我が家に配達してくださいね。もう、私、まずいパンには戻れませんわ。あ、でも寮に入ったあとは困ったわ……。あ、安息日には帰ってこようかしら！」

お兄様もお姉様も、毎週家に帰ってくると、多分お勉強が遅れちゃうはず……大丈夫かしら？

思い出話に花を咲かせながら、ケーキを切れば切るほど、せっかくミィナの描いてくれたデザインも崩れてしまうし、私の書いたメッセージもぐちゃぐちゃだ。それでも、そんなぐちゃぐちゃな、みんなで切り分けたケーキの姿を愛《いと》おしく感じた。

そして、そのケーキは、今まで作ったどんなものよりも家族に好評だった。私も、今まで食べたどんなものより美味しく感じたのだった。

そうして、やがて我が家の庭に若葉が萌《も》え、春バラが咲き乱れる春を迎え、プレスラリア家から、私を含む子供が二人巣立つ日がやってくる。

私は今、王都の外れにある真新しい錬金術のアトリエの前に立っている。街路樹の花々は咲き乱れ、その花は開店の日を迎えた私を祝うかのように、私の周りを舞い落ちる花弁で飾る。

これから私は、ここで多くの人と出会い、広い世界を知り、そしていつか、りっぱな『錬金術師』になれるのだろうか。

そうやって立ち止まっている私を、そばに寄り添っていたリーフが、「さあ！」と促すように服の裾を咥《くわ》えて、私をアトリへの方へ誘う。

私は、アトリエのドアノブを手に取り、一歩、店に足を踏み入れた。

『アトリエ・デイジー』

私の新たな舞台での物語が、今、幕を上げようとしている。

あとがき

はじめまして。ｙｏｃｃｏと申します。この本を購入してくださった方に、まずは最大限の謝辞を。そして、日々ＷＥＢで応援してくださる皆様にも、日々の応援に、語り尽くせぬほどの感謝を。

私は某アニメ化作品で『小説家になろう』様を知り、読者を経て小説を書きはじめました。

ありがたいことに、本作が想定以上に皆様の目に留《と》まるようになったある日、『書籍化打診のご連絡』という運営様からのメッセージをいただきました。そのメッセージの中で、作品のどこが面白いのかを楽しそうに語ってくださった、カドカワＢＯＯＫＳのＳ様と一緒にお仕事をさせていただきたいと思いました。Ｓ様には、書籍化に関するご尽力をはじめ、日々のＷＥＢ連載中の悩みまで丁寧に相談に乗ってくださり、言葉では言い尽くせないほどお世話になりました。本当にありがとうございます。

そして、素敵な優しく繊細な絵で、デイジー達登場人物に色や表情を与えてくださった、純粋先生。本当にありがとうございます。作業用タブレットの壁紙にしているキャラデザのデイジーは日々の私の励みです！

最後に。書き切れないほどのたくさんの方々のご尽力でこの本があるのだと思います。そんな、この本に関わる全ての方に、感謝しています。本当にありがとうございました。

カドカワBOOKS

王都《おうと》の外《はず》れの錬金術師《れんきんじゅつし》
～ハズレ職業《しょくぎょう》だったので、のんびりお店経営《みせけいえい》します～

2021年2月10日　初版発行

著者／yocco
発行者／青柳昌行
発行／株式会社KADOKAWA
〒102-8177
東京都千代田区富士見2-13-3
電話／0570-002-301（ナビダイヤル）
編集／カドカワBOOKS編集部
印刷所／暁印刷
製本所／本間製本

●お問い合わせ
https://www.kadokawa.co.jp/（「お問い合わせ」へお進みください）
※内容によっては、お答えできない場合があります。
※サポートは日本国内のみとさせていただきます。
※Japanese text only

Printed in Japan
ISBN 978-4-04-073970-0 C0093